Bianca

UNA OBSESIÓN

JENNIE LUCAS

Editado por Harlequin Ibérica.
Una división de HarperCollins Ibérica, S.A.
Núñez de Balboa, 56
28001 Madrid

Una obsesión, n.º 2576 - 18.10.17
Título original: A Ring for Vincenzo's Heir
Publicada originalmente por Mills & Boon®, Ltd., Londres.

I.S.B.N.: 978-84-9170-111-8
Depósito legal: M-22216-2017
Impresión en CPI (Barcelona)
Fecha impresion para Argentina: 16.4.18
Distribuidor exclusivo para España: LOGISTA
Distribuidores para México: CODIPLYRSA y Despacho Flores
Distribuidores para Argentina: Interior, DGP, S.A. Alvarado 2118.
Cap. Fed./Buenos Aires y Gran Buenos Aires, VACCARO HNOS.

Capítulo 1

TIENES dos opciones, Scarlett –dijo su exjefe, pasando la vista por su estómago de embarazada y clavándola en sus grandes senos–. O firmas este documento y te casas conmigo o...

–¿O qué?

Scarlett Ravenwood intentó alejarse del documento en cuestión, que implicaba renunciar a su hijo en cuanto naciera; pero no pudo, porque su musculoso acompañante ocupaba casi todo el asiento de atrás.

–O me encargaré de que doctor Marston te declare loca y te interne en alguna institución –respondió con una sonrisa–. Sería por tu propio bien. Al fin y al cabo, ninguna mujer cuerda se negaría a casarse conmigo. Y no conseguirías nada, porque perderías al bebé de todas formas.

–Es una broma, ¿verdad? –dijo ella, soltando una carcajada nerviosa–. Vamos, Blaise... sabes que no puedes hacer eso. ¿En qué siglo crees que estamos?

–En uno donde los ricos pueden hacer lo que quieran y a quien quieran.

Blaise extendió un brazo, jugueteó un poco con uno de los mechones de su larga y roja melena y añadió:

–¿Quién lo podría impedir? ¿Tú?

A Scarlett se le hizo un nudo en la garganta. Llevaba dos años en el domicilio de Blaise, una mansión del Upper East Side. Su exjefe la había contratado para que cuidara de su madre, y todo había ido más o menos bien hasta que la mujer falleció: Blaise refrenaba sus intentos de seducción porque a la anciana le horrorizaba la idea de que mantuviera relaciones íntimas con una simple criada. Pero la señora Falkner ya no estaba allí. Y él era inmensamente rico.

Por si eso fuera poco, Scarlett no tenía amigos en Nueva York. Se había aislado del mundo, condenada a obedecer las órdenes de un puñado de enfermeras y a limpiar a una irritable y mezquina inválida. No podía acudir a nadie. No había nadie que la pudiera ayudar.

Nadie salvo él.

«No», se dijo con desesperación. «De ninguna manera».

Eso estaba fuera de lugar.

Pero, ¿qué pasaría si Blaise tenía razón? Era un hombre indiscutiblemente poderoso. ¿A quién iba a creer la policía si denunciaba el asunto? ¿Qué pasaría si él y su psicóloga encontraban la forma de internarla en un psiquiátrico?

Aún estaba asombrada con lo sucedido. Blaise le había pedido matrimonio esa misma mañana, durante el entierro de su madre; literalmente sobre su tumba. Scarlett había rechazado la oferta y le había anunciado que se marchaba de Nueva York, pensando que se enfadaría; pero, en lugar de enfadarse, se ofreció cortésmente a llevarla a la estación de autobuses. Y ella aceptó, haciendo caso omiso de su mal presentimiento.

Tendría que haberlo sabido. Su exjefe no era un hombre que se dejara vencer con facilidad. Pero, ¿quién habría imaginado que llegaría tan lejos? ¿Quién habría pensado que se atrevería a extorsionarla y a exigir que diera su hijo en adopción?

Había cometido un error extraordinariamente grave al tomarlo por un simple ligón que se quería acostar con ella a toda costa. Blaise no estaba en esa categoría, sino en otra más peligrosa: la de los locos.

–¿Y bien? Estoy esperando una respuesta –dijo él.

–¿Por qué te quieres casar conmigo? –preguntó con debilidad–. Eres un hombre rico y atractivo. El mundo está lleno de mujeres que estarían encantadas de ser tu esposa.

–Es posible, pero te quiero a ti –contestó él, agarrándola de la muñeca–. Me has rechazado una y otra vez desde que llegaste. Y no contenta con eso, te entregaste a un tipo del que te niegas a hablar... Pero, cuando nos casemos, yo seré el único que pueda tocar tu cuerpo. Cuando nos libremos de tu bebé, serás mía para siempre.

Scarlett estaba cada vez más asustada. ¿Qué podía hacer?

Justo entonces, divisó la famosa catedral de la Quinta Avenida y se le ocurrió una idea descabellada. No formaba parte de su plan original, consistente en subirse a un autocar, viajar al sur y empezar una nueva vida en algún sitio cálido y soleado, donde pudiera criar a su hijo. Pero era la única solución. O, por lo menos, la única inmediata.

Desgraciadamente, la idea le daba tanto miedo como el hombre que viajaba a su lado. Cambiar a Blaise Falkner por Vincenzo Borgia equivalía a saltar de la sartén al fuego, y no solo porque el segundo fuera el padre de su bebé. Cada vez que pensaba en sus oscuros ojos, se estremecía. Vin podía ser un hombre muy apasionado, y también muy frío.

Al cabo de unos momentos, el conductor detuvo la limusina ante un semáforo en rojo. Scarlett no estaba segura de lo que iba a hacer, pero se recordó el refrán que solía citar su padre: a grandes males, grandes remedios. Y no tenía tiempo para pensar. Era ahora o nunca.

Decidida, respiró hondo y apretó un puño.

–¿Sabes lo que me gustaría hacer? –preguntó a Blaise.

–¿Qué? –dijo él, admirando sus pechos.

–¡Esto!

Scarlett le pegó un puñetazo tan fuerte que Blaise retrocedió y le soltó la mano.

Aprovechando su desconcierto, abrió la portezuela del vehículo, se quitó los zapatos de tacón y corrió hacia la catedral de Sain Swithun, que estaba al final de la manzana. Era un día perfecto para una boda. El cielo estaba despejado y la ciudad, más bella que nunca. Pero, ¿llegaría a tiempo?

Scarlett echó un vistazo al reloj que había pertenecido a su madre. Habían pasado cuatro meses desde que vio el anuncio de la boda en el *New York Times*, y había hecho lo posible por no pensar en ella. Sin embargo, los acontecimientos se habían desarrollado de tal manera que ahora no podía pensar en otra cosa. Vin Borgia era el único que la podía ayudar.

Al ver a los guardaespaldas, se tranquilizó un poco. Su presencia indicaba lo mismo que el Rolls Royce blanco aparcado en la esquina: que la ceremonia no había terminado. Y eso era bueno. Salvo por el hecho de que los guardaespaldas no estaban allí por casualidad.

–Lo siento, señorita –dijo uno–. Tendrá que pasar por otro lado.

Scarlett hizo caso omiso. Se llevó las manos al estómago y gritó, melodramáticamente:

–¡Socorro! ¡Un hombre me persigue! ¡Quiere llevarse mi bebé!

–¿Cómo? –dijo el guardaespaldas, asombrado.

–¡Llame a la policía! –dijo, pasando delante de sus narices.

–¡Eh! ¡He dicho que no puede pasar!

Momentos después, llegó a la escalinata del enorme edificio de mármol gris, el lugar donde se casaban todos los ricos y famosos de Nueva York.

–¡Alto ahí! –exclamó un segundo guardaespaldas.

Scarlett se quedó helada, pensando que iba a fracasar en el último segundo. Pero, justo entonces, aparecieron los guardaespaldas de Blaise y, mientras discutían con los otros, ella se coló en la catedral.

La escena del interior parecía salida de un cuento de hadas: dos mil invitados en los bancos, rosas y lilas por todas partes y arriba, frente al altar, la novia más bella del mundo y el novio más devastadoramente atractivo de la Tierra.

Vin estaba tan guapo que a Scarlett se le encogió el corazón.

–Si alguno de los presentes tiene algo que objetar contra esta boda, que hable ahora o calle para siempre –sentenció el cura.

Scarlett no lo dudó. Se plantó en el pasillo central, alzó una mano y dijo:

–¡Esperen!

Dos mil invitados se giraron hacia ella, incluidos el novio y la novia.

Scarlett se sintió súbitamente mareada, pero hizo un esfuerzo y se concentró en la única persona que importaba en ese momento.

–Ayúdame, Vin. Te lo ruego... –la voz se le quebró–. ¡Mi jefe nos quiere robar el bebé!

Vincenzo Borgia, *Vin* para sus amigos, había dormido como un tronco la noche anterior. A diferencia de tantos novios a punto de casarse, él no tenía motivos para estar nervioso. Su relación con Anne Dumaine era tan sencilla como inocua. No habían discutido ni una sola vez. No estaban atrapados en la maraña de los emociones. Ni siquiera habían hecho el amor, aunque lo harían más tarde.

Sin embargo, esos detalles la convertían en la mujer perfecta. Esos y una consecuencia derivada de su matrimonio, la fusión de las empresas de sus respectivas familias.

Cuando su Sky World Airways se fusionara con la aerolínea del padre de Anne, Vin ganaría treinta rutas transatlánticas entre las que había trayectos tan lucrativos como el Nueva York-Londres y el Boston-París. Su empresa pasaría a ser el doble de grande, y en condiciones de lo más ventajosas, porque Jacques Dumaine quería ser generoso con su futuro yerno.

¿Cómo no iba a estar tranquilo? Aquella boda pondría fin a todas las incertidumbres de su azarosa vida.

Sí, Vin había dormido bien la noche anterior, y dormiría aún mejor cuando consumara el matrimonio con su tradicional y conservadora prometida, quien había insistido en llegar virgen al altar. De hecho, estaba seguro de que, a partir de entonces, no volvería a perder ni un minuto de sueño.

Solo había dos aspectos preocupantes en ese planteamiento: el primero, que Anne y él no tenían nada en común y el segundo, que no se sentía particularmente atraído por ella. Pero tampoco era para tanto. Mientras se respetaran y toleraran las debilidades de cada uno, no habría ningún problema. Y, en cuanto a la pasión, casi era mejor que brillara por su ausencia; al fin y al cabo, nadie echaba de menos lo que no había tenido.

Sin embargo, su enlace con Anne Dumaine iba más allá del interés económico. Vin se había empezado a cansar de las continuadas y siempre imprevisibles aventuras de su vida amorosa. Quería sentar la cabeza y fundar una familia. O, por lo menos, lo quería desde que su camino se cruzó con el de una imponente pelirroja que, después de darle la mejor noche de sexo de toda su vida, desapareció como si no hubiera pasado nada.

Anne era la mejor apuesta que podía hacer. Ofrecía seguridad, una familia intachable y la certeza de que sería una buena madre y una buena esposa para un ejecutivo como él, porque hablaba varios idiomas y tenía un título en comercio internacional. Además, era muy guapa. Y tenía una dote verdaderamente irresistible: la aerolínea Air Transatlantique.

–Si alguno de los presentes tiene algo que objetar contra esta boda... –empezó a decir el cura.

Vin sonrió a la rubia y bella Anne y pensó que se parecía a la princesa Grace. Llevaba un sencillo vestido blanco y un largo velo de encaje, hecho a mano. Estaba perfecta. Absolutamente impecable.

–...que hable ahora o calle para siempre.

–¡Esperen!

Vin se quedó helado. ¿Quién se había atrevido a interrumpir su boda? ¿Alguna amante despechada? ¿Y cómo era posible que hubiera entrado en la iglesia, burlando la vigilancia de los guardaespaldas?

Su indignación se transformo en pasmo cuando se dio la vuelta y vio unos ojos verdes y una melena dc cabello rojo que conocía muy bien. Era ella. Scarlett. La mujer de sus sueños, literalmente. La mujer con la que soñaba desde hacía ocho meses. La apasionada pelirroja con la que había vivido una noche inolvidable. El ángel sexual que se fue a la mañana siguiente sin darle siquiera su apellido y su número de teléfono.

Ninguna de sus amantes lo había tratado tan mal. Le había hecho el amor, lo había llevado a las cimas más altas del placer y se había ido como si fuera la Cenicienta, pero sin dejar un maldito zapato de cristal.

¿Qué estaba haciendo allí? ¿Y por qué estaba descalza?

–Ayúdame, Vin. Te lo ruego... ¡Mi jefe nos quiere robar el bebé!

Vin tragó saliva, desconcertado.

¿El bebé?

¿Qué bebé?

Los dos mil invitados de la boda dejaron de mirar a la mujer vestida de negro y clavaron la vista en Vin.

Sus planes acababan de saltar por los aires. El padre de Anne lo miraba con furia indisimulada y la madre, con asombro. Era evidente que los había decepcionado, y casi se alegró de no tener familia propia, porque su decepción había sido mayor.

Cuando se giró hacia su novia, se llevó una sorpresa. Esperaba que los ojos se le hubieran humedecido o que ardieran con recriminación; a fin de cuentas, Anne no podía saber que se había acostado con Scarlett varios meses antes de conocerla a ella y que, en consecuencia, no había traición de ninguna clase. Pero su hermosa cara estaba completamente impasible.

–¿Me disculpas un momento? –preguntó él.

–Tómate todo el tiempo que quieras.

Vin avanzó lentamente por el pasillo central y se detuvo delante de la pelirroja que, hasta unos segundos antes, se había empezado a convertir en un personaje ficticio, como si solo hubiera sido un producto de su imaginación.

Pero era real.

–¿Estás embarazada? –dijo, mirando su estómago.

Ella lo miró a los ojos.

–¿Sí?

–¿De mí?

Scarlett alzó la barbilla.

–¿Crees que miento?

Vin se acordó del suave gemido de dolor que soltó Scarlett cuando la penetró por primera vez. Se acordó de sus lágrimas, y de cómo se las secó él mismo mientras el dolor se convertía en algo muy diferente. ¿Quién habría imaginado que era virgen?

–¿No has podido decírmelo hasta ahora?

–Lo siento –dijo ella en voz baja–. Yo...

Justo entonces, aparecieron tres hombres que caminaron hacia ellos. El que parecía ser el jefe agarró a Scarlett por la muñeca, le dedicó un calificativo poco halagador y dijo a Vin, de mala manera:

–Esto es un asunto privado. Vuelva a su ceremonia.

Vin estuvo a punto de hacerlo. Habría sido lo más fácil. Sentía la presión de su novia, de la familia de su novia, de los dos mil invitados, del sacerdote y hasta de la propia junta de Sky World Airways, porque el fracaso de esa boda suponía el fracaso de la fusión. Pero el problema desaparecería de inmediato si acusaba a Scarlett de ser una mentirosa y volvía al altar donde esperaba su prometida.

Entonces, ¿por qué no volvió?

Quizá, porque aquellos tipos estaban haciendo daño a Scarlett. Quizá, porque la arrastraban hacia la salida como si fuera un vulgar objeto. Quizá, porque era una criatura indefensa en mitad de una catedral abarrotada de hombres y mujeres poderosos que no habían movido un dedo por ayudarla. O quizá, porque su situación se parecía mucho a la que había sufrido él mismo en su infancia, cuando lo sacaron de su hogar contra su voluntad.

Fuera por el motivo que fuera, Vin hizo algo que no había hecho en mucho tiempo: tomar partido.

–Déjenla en paz –ordenó.

–No se meta donde no lo llaman.

Vin hizo caso omiso.

–Es obvio que la señorita no se quiere ir con ustedes.

–No es más que una loca –dijo el tipo que la agarraba de la muñeca–. La voy a llevar a mi psiquiatra. Y tengo la impresión de que estará internada mucho tiempo.

–¡No! –dijo Scarlett a Vin, desesperada–. ¡No estoy loca! Este hombre era mi jefe... Quiere que me case con él y que dé a nuestro hijo en adopción.

Al oír su última frase, Vin se sintió como si le hubieran atravesado el corazón con un cuchillo. ¿Dar a su hijo en adopción? No, de ninguna manera. Ni se la iba a llevar ni le iba a quitar su bebé.

–Suéltela ahora mismo.

–¿O qué? –le desafió.

–¿Sabe quién soy yo? –dijo Vin con toda tranquilidad.

El individuo lo miró con desprecio, pero cambió radicalmente de actitud cuando reconoció su cara.

–Dios mío... Vincenzo Borgia –declaró con espanto–. Discúlpeme. No me había dado cuenta.

Vin miró a sus propios guardaespaldas, que habían entrado en la catedral y rodeado a los tres hombres con precisión quirúrgica, preparados para entrar en acción. Luego, hizo un gesto a su encargado de seguridad para que mantuviera las distancias y bramó:

–Salga de aquí. Ya.

El desconocido soltó a su presa y huyó rápidamente con sus dos matones. Los invitados de la boda rompieron el silencio anterior y se pusieron a hablar, asombrados con lo sucedido. Y Scarlett se abrazó a Vin.

–¡Te lo dije, Anne! ¡Te dije que no te casaras con él! –exclamó un joven de repente–. ¿Qué importa que te deshereden?

Anne no dijo nada, pero el joven no se detuvo ahí. Miró a la gente y añadió con orgullo:

–¡Me acuesto con ella desde hace seis meses!

Aquello fue el caos. El padre de la novia empezó a gritar; la madre de la novia empezó a llorar y, en cuanto a la novia, se desmayó rápida y convenientemente sobre la bella masa blanca de su vestido.

Sin embargo, Vincenzo no les prestó atención. Su mundo se había reducido a dos cosas: las lágrimas de Scarlett contra su esmoquin y el suave cuerpo de embarazada que descansaba entre sus brazos.

Capítulo 2

DE LA sartén, al fuego.

Scarlett se había librado de Blaise, pero ¿a qué precio?

Vin la llevó a la rectoría de la catedral y le dijo que esperara mientras arreglaba las cosas. Ella se sentó junto a un balcón que daba a un jardín, e intentó tranquilizarse un poco. Al cabo de unos minutos, apareció una anciana encantadora que le sirvió una taza de té; pero ya había pasado una hora desde entonces y, evidentemente, el té restante se le había quedado frío.

No sabía qué le asustaba más, si el recuerdo de la cara de Blaise o lo que Vin Borgia pudiera estar pensando sobre su futuro y el futuro de su hijo.

Sería mejor que huyera.

Y rápidamente.

Huir era la única forma de salvaguardar su libertad.

Scarlett había pasado su infancia en más de veinte sitios distintos, desde pueblos pequeños escondidos en bosques y montañas hasta cabañas sin electricidad ni agua corriente. En general, no podía ir al colegio y, cuando iba, se veía obligada a usar un nombre falso y a teñirse su roja melena. No tenía nada de lo que tenían los niños normales. No tenía amigos, no tenía hogar y, por supuesto, tampoco tuvo un novio de verdad cuando llegó a la adolescencia.

Su primera relación amorosa era asombrosamente reciente; la había mantenido a los veinticuatro años, y solo había durado una noche. Ella se sentía más vulnerable y necesitada que de costumbre, y se dejó llevar sin dudarlo un momento por el hombre al que ahora estaba esperando, Vincenzo Borgia.

Se levantó de la silla y contempló otra vez el jardín, un paraíso de hiedra y rosas en mitad de los rascacielos de Nueva York; un lugar muy silencioso para estar a pocos metros de la Quinta Avenida, siempre abarrotada de coches.

Ese mismo año, a finales de febrero, Scarlett había salido a comprar un fármaco para la señora Falkner cuando recibió un mensaje de texto. Era de una vieja amiga de su padre, y la noticia que le dio la dejó atónita.

Alan Berry acababa de morir en una vulgar pelea de borrachos. El hombre que había traicionado a su padre, vendiéndolo a la policía a cambio de su libertad, había muerto de un modo absurdo; el hombre que había forzado a Harry Ravenwood a huir con su hija y su esposa enferma había tenido una muerte tan desatinada como su vida.

Scarlett, que en ese momento estaba en la farmacia, se sintió enferma. Y, cinco minutos después, se encontró en un bar del otro lado de la calle, pidiendo un vodka. Pero no estaba acostumbrada al alcohol, y se puso a toser en cuanto echó el primer trago.

–Déjame que lo adivine –dijo un hombre desde otro de los taburetes de la barra–. Es tu primera vez, ¿verdad?

Scarlett se giró y miró al desconocido, que se levantó y se acercó a ella. Alto, de hombros anchos, pelo oscuro y ojos tan negros como el traje que llevaba. Parecía un héroe o un villano de película. Era asombrosamente atractivo, asombrosamente masculino y asombrosamente carismático.

–Sí, es que he tenido un mal día –acertó a decir.

La sensual boca del hombre se curvó en una sonrisa sarcástica.

–Eso es obvio. ¿Por qué si no ibas a estar bebiendo a una hora tan temprana?

–¿Por diversión? –contestó con humor.

–¿Por diversión? Bueno, no es tan mala idea –dijo él, notando los restos de lágrimas en sus mejillas–. Veamos si un segundo vodka te sienta mejor.

Scarlett se estremeció, pensando que la iba a interrogar sobre su estado, pero se limitó a sentarse en el taburete contiguo y a llamar al camarero.

Naturalmente, era Vin. Y, a pesar de todo lo que Scarlett había descubierto sobre él, aún la embriagaba más que el vodka. El simple hecho de verlo en el altar había bastado para que su mente volviera a aquella noche de febrero, cuando la llevó a su caro, elegante y espartano ático y puso fin a su virginidad, enseñándole una vida de alegría y placer.

Sin embargo, la experiencia fue tan breve que ni siquiera se dijeron sus apellidos. Scarlett lo sabía por el portero del edificio, que se había dirigido a él en términos sumamente respetuosos, pero no tuvo ocasión de darle el suyo porque la enfermera de la señora Falkner la llamó por teléfono para pedirle el medicamento que había salido a comprar.

Su sentido del deber la obligó a levantarse de la cama y marcharse en plena noche, con Vin dormido. Ya en la mansión, dio la medicina a la enfermera, se encerró en su cuarto y se conectó a Internet para investigar a su primer amante. Aún estaba en los cielos del amor, pero cayó en picado en cuanto se puso a leer.

Vincenzo Borgia era un millonario implacable, dueño de una línea aérea, que sacrificaba todo lo que fuera necesario y a todos los que fueran necesarios en la pira de su ambición. Además, había mantenido relaciones con una larga serie de modelos y famosas imponentes, lo cual aumentó la desconfianza de Scarlett. ¿Por qué se había acostado con ella? Era obvio que no estaba a la altura de esas mujeres.

Fuera cual fuera la razón, se alegró de no haberle dado su apellido. Al fin y al cabo, no le podría hacer daño si no la encontraba.

Luego, cuando supo que se había quedado embarazada, se preguntó si había tomado la decisión correcta; pero sus dudas desaparecieron de inmediato al ver el anuncio de su boda en un periódico neoyorquino.

Scarlett no esperaba volver a verlo, así que se resignó a su suerte y olvidó el asunto. No le asustaba la perspectiva de ser madre soltera. No tenía miedo a estar sola. Había crecido en algo parecido a la clandestinidad, y su padre le había enseñado todos sus secretos: cómo robar carteras, cómo abrir cerraduras y, sobre todo, cómo ser invisible y cómo salir adelante con poco o nada.

Por otro lado, criar un niño no podía ser tan difícil como lo que ya había vivido. Además, ella no era una fugitiva. La Justicia no la estaba buscando. Era ayudante de enfermera, y había conseguido ahorrar una suma modesta.

Ya no tenía que huir.

¿Seguro que no?

Scarlett admiró la ancha alfombra de la rectoría de la catedral. ¿Qué debía hacer? ¿Marcharse tan deprisa como pudiera? ¿O arriesgarse con Vin Borgia y esperar que aquel empresario sin escrúpulos fuera un buen padre?

Confundida, se llevó las manos al estómago. No debía olvidar que Vin la había salvado de Blaise, pero tampoco debía olvidar que era más rico y poderoso que su exjefe. Y los hombres como él tenían la obsesión de controlarlo todo.

Sería mejor que se marchara.

Y rápido.

Scarlett dio un paso hacia la puerta, pero se acordó de que había dejado el bolso y la maleta en la limusina de Blaise, con todos sus documentos y su tarjeta de crédito. No podía huir. No tenía dinero ni pasaporte. Y, para empeorar las cosas, ni siquiera llevaba zapatos.

–¿Cómo te llamas?

Vin, que acababa de entrar en la habitación, se aflojó la corbata. Ella lo miró y sintió una mezcla de temor y deseo, porque su esmoquin no ocultaba el hecho de que Vincenzo Borgia no era un hombre completamente civilizado. Tenía la musculatura de un depredador, y unos ojos casi salvajes.

–Ya lo sabes. Scarlett –dijo.

Él la miró fijamente.

–Me refiero a tu apellido.

–Smith –mintió.

Vin frunció el ceño, se giró hacia la jarra de agua que estaba en una mesa y se sirvió un vaso.

–No es verdad. Te apellidas Ravenwood.

–¿Cómo lo has sabido? –preguntó, sorprendida.

Él se llevó una mano al bolsillo y sacó la cartera de Scarlett sin hacer el menor comentario.

–¿De dónde la has sacado?

–Falkner me ha enviado tu bolso y tu maleta.

–¿Que te los ha enviado? Querrás decir que los tiró a la calle...

–No, en absoluto. Quiero decir que sus guardaespaldas me los han traído y me han reiterado las disculpas de su jefe.

Scarlett soltó un suspiro de asombro.

–¿Sus disculpas? No me lo puedo creer –dijo–. Es el peor hombre que he conocido, pero tiene miedo de ti.

–Sí, suele pasar –Vin sonrió y se acercó a darle la cartera–. Aquí la tienes. Setenta dólares en efectivo y una tarjeta de crédito con un límite de ochocientos dólares.

–¿Cómo sabes que tiene un límite de ochocientos?

Vin echó un trago de agua antes de contestar.

–Tiendo a informarme sobre las personas que me interesan. Sé que tus padres han fallecido, que nunca has tenido un domicilio fijo, que viniste a Nueva York por un empleo de mala muerte, que has ahorrado hasta el último céntimo y que no haces otra cosa que trabajar, lo cual explica que tampoco tengas amigos –declaró–. Bueno, tienes uno, pero ese es otro tema.

Scarlett se ruborizó.

–¡Cómo te atreves a...!

–Los Falkner te pagaban el salario mínimo –continuó él, sin hacerle caso–, pero has conseguido ahorrar de todas formas. Es de lo más impresionante. E implica una actitud ética que no se parece mucho a la de ese ladrón que tenías por padre.

–¡No hables así de él! ¡Era la mejor persona y el hombre más cariñoso que ha pisado este mundo! –bramó.

–¿Estás hablando en serio? –replicó Vin, sonriendo otra vez–. Era un ladrón de bancos que huyó y os condenó a tu madre y a ti a una vida de fugitivos. No teníais dinero. Tú apenas fuiste a la escuela, y tu madre murió por una enfermedad a la que quizá habría sobrevivido si hubiera recibido la atención necesaria. ¿Me he saltado algo?

–No tienes derecho a juzgarlo. Mi padre dejó de robar cuando nací, pero un amigo suyo le convenció de que diera un último golpe. Cuando mi madre lo supo, se enfadó mucho. ¿Y sabes lo que hizo él? ¡Devolver el dinero al banco!

–¿Lo devolvió?

–En efecto. Lo dejó en la puerta de una comisaría y les avisó por teléfono.

–¿Y por qué no se entregó?

–Porque no nos quería dejar solas... –Scarlett respiró hondo–. Y todo habría salido bien si la policía no hubiera detenido a su socio, al que pillaron con su parte del botín. El muy canalla mintió para librarse de la cárcel. Dijo que el atraco era cosa de mi padre, del hombre que había intentado hacer lo correcto.

–Habría hecho lo correcto si se hubiera entregado entonces. Pero esperó diez años, y os condenó a una vida miserable –afirmó él, despiadado–. Lo único bueno que hizo en su vida fue morir en ese accidente de avión, cuando salió de la cárcel. Aunque solo sea porque la aerolínea te pagó una suma de lo más generosa.

Scarlett se estremeció a recordar aquel día. Solo había pasado un año y medio desde que su padre recuperó su libertad y voló a Nueva York para ir a verla, tras pasar cinco años en una cárcel de seguridad media. Pero el avión sufrió un accidente en el que murieron treinta personas, entre las que estaba él.

–Tengo entendido que regalaste todo el dinero –continuó él, mirándola con curiosidad–. ¿Por qué lo hiciste?

–Porque estaba manchado de sangre. Lo doné a obras de caridad.

–Sí, ya lo sé. Investigación médica, defensa legal de personas sin recursos y ayuda a los hijos de los presos. Causas muy dignas, ciertamente. Pero sigo sin entender por qué elegiste quedarte sin un céntimo.

–Quién sabe. Será que me he acostumbrado a la pobreza –ironizó–. O que hay cosas más importantes que el dinero.

–¿Como tener un niño? –dijo con frialdad–. Te entregaste a mí, perdiste tu virginidad y te fuiste mientras yo dormía. No has hecho el menor esfuerzo por ponerte en contacto conmigo. Pero apareces el día de mi boda y me dices que te has quedado embarazada.

–No he tenido elección.

–Siempre tenemos elección –afirmó él, dejando el vaso en la mesa–. Sé sincera, por favor. ¿Me lo habrías dicho si Falkner no te hubiera amenazado?

Ella lo miró durante unos segundos y sacudió la cabeza sin decir nada.

–¿Por qué?

Scarlett no respondió.

–¿Es que estabas encaprichada de Falkner? –insistió Vin–. ¿Por eso te negaste a decirme tu apellido aquella noche?

–¿Encaprichada de él? Falkner es un canalla. Yo sabía que me deseaba, pero jamás habría imaginado que me intentaría extorsionar el día del entierro de su madre.

–Ah, ahora comprendo que vayas de luto. Pero, ¿por qué vas descalza?

–Porque no se corre muy bien con zapatos de tacón. Me los quité cuando salí huyendo del coche de Falkner –dijo–. Estábamos en la Quinta Avenida, y al ver la catedral... En fin, siento haberte estropeado la boda.

–No lo sientas. Visto lo visto, tendría que darte las gracias.

–¿No sabías que tu novia se estaba acostando con otro?

–No tenía ni idea. De hecho, me hizo creer que era virgen y que quería llegar virgen al matrimonio –contestó.

Ella soltó una carcajada.

–¿Virgen? ¿A su edad? Ni que estuviéramos en la Edad Media –bromeó–. Me parece increíble que la creyeras.

–¿Por qué no la iba a creer? Tú eras virgen cuando nos acostamos –le recordó.

Scarlett se ruborizó sin poder evitarlo.

–Sí, eso es cierto. Pero yo no soy una mujer normal.

–No, no lo eres –dijo, clavando la vista en sus ojos–. ¿Ese niño es verdaderamente mío, Scarlett? ¿O has mentido porque necesitas que te ayude?

–Yo no he mentido. Es tuyo.

Él sonrió.

–Te recuerdo que hay formas de comprobarlo. Si mientes, lo sabré.

–Eres el único el hombre con el que he mantenido relaciones sexuales, Vin.

–¿En serio? ¿No te has acostado con nadie más desde aquella noche? –preguntó él con desconfianza–. ¿Qué quieres de mí? ¿Dinero?

–Solo quiero que me digas dónde están mi maleta y mi bolso. Me iré en cuanto los recupere –replicó.

–No, tú no vas a ninguna parte. No hasta que aclaremos esto.

–Mira, te agradezco que me hayas ayudado con Blaise, y vuelvo a pedirte disculpas por haber interrumpido tu boda. Pero detesto que me intenten controlar, y no me gusta que me tomen por una estafadora o una de esas aventureras que quieren echar el lazo a un rico. No soy ni lo uno ni lo otro. Solo quiero marcharme y criar a mi hijo en paz.

–Habrá pruebas de ADN –le advirtió–. Y abogados.

Scarlett lo miró con horror.

–¿Abogados? ¿Para qué?

–Para que los dos sepamos a qué atenernos.

–¿Qué significa eso? –preguntó, al borde del pánico–. ¿Pretendes quitarme la custodia del bebé?

–No, en absoluto.

Ella suspiró, aliviada.

–Entonces, ¿a qué ha venido lo de los abogados?

–A que tú y yo nos vamos a casar, Scarlett –sentenció–. En cuanto tenga pruebas de que el niño es mío.

Vin lo había conseguido. Con su decisión sobre Scarlett, había recuperado el control de un día tan caótico como desastroso.

Se había equivocado con Anne Dumaine. Se había convencido a sí mismo de que era una mujer modesta y recatada mientras ella se acostaba con otro delante de sus narices. Decir que estaba decepcionado habría sido quedarse corto.

Y ni siquiera había fingido arrepentimiento. Anne se había limitado a devolverle el anillo de compromiso, decir que lo sentía y girarse con expresión de felicidad hacia su amante, un joven de alrededor de veintitrés años. Luego, tomó de la mano al joven y se fueron juntos de la catedral, dejando a Vin en compañía de su padre, quien lo acusó de haber causado el problema por no prestar la atención necesaria a su hija.

Evidentemente, ya no habría fusión con Air Transatlantique.

Sí, se había equivocado por completo. Había olvidado su lema de no confiar en nadie y se había contentado con las apariencias en lugar de pedir a sus empleados que investigaran discretamente a su prometida.

Sin embargo, Scarlett Ravenwood no se parecía nada a Anne Dumaine. No tenía ni su educación ni sus modales ni su buen gusto con la ropa. De hecho, no tenía nada de nada, excepto el bebé que estaba esperando.

Un bebé. Su bebé.

Vin se había prometido a sí mismo que, si alguna vez tenía un hijo, le daría un hogar estable y todo el amor que necesitara. No crecería como él, sin conocer a su padre. No permitiría que se sintiera abandonado.

Se giró hacia Scarlett y admiró su roja melena, su

piel pálida y sus ojos verdes, que le recordaban las primaveras y veranos de su infancia en Italia. Siempre se lo recordaban; incluso la primera vez, cuando la vio en aquel bar, tomándose un vodka. Era como un día de sol tras muchos días de oscuridad. Estaba llena de luz.

Vin sopesó rápidamente la situación. Scarlett no tenía dinero, pero eso carecía de importancia. Y estaba sola en el mundo. No habría un suegro que le gritara ni una familia política que le causara problemas. Llegaría al matrimonio sin más cargas que el bebé de su vientre ni más pertenencias que su precioso y apetecible cuerpo.

Pensándolo bien, era la esposa perfecta. Solo faltaba que aceptara su proposición.

–¿Cómo? –preguntó ella, mirándolo con perplejidad–. ¿Has dicho quieres casarte conmigo? ¿Estás bromeando?

–No, no estoy bromeando.

Sorprendentemente, Scarlett rompió a reír.

–¿Te has vuelto loco? ¡No me voy a casar contigo?

–¿Por qué? Es lo más razonable. A fin de cuentas, estás embarazada de mí.

Ella sacudió la cabeza.

–¿Qué pasa? ¿Que no quieres perder el depósito de la boda?

–¿A qué te refieres?

–Al dinero que has invertido en ella –contestó–. Solo tienes que hablar con tus invitados, decirles que ha habido un pequeño cambio de planes y sustituir a la rubia anterior por una pelirroja. Seguro que lo entenderían.

–¿Crees que te ofrezco el matrimonio por no perder dinero? –dijo con incredulidad.

Scarlett ladeó la cabeza y le lanzó una mirada irónica, como si se estuviera divirtiendo de lo lindo.

–Entonces, ¿por qué me lo ofreces? ¿Porque ya te habías hecho a la idea de perder una mañana en una catedral y no sabes qué hacer con tu tiempo libre?

–Tengo la sensación de que no me estás tomando en serio...

–¡Por supuesto que no! –estalló–. ¿Cómo quieres que me case contigo? ¡Apenas te conozco!

Vin empezó a perder la paciencia, pero se recordó que estaba hablando con una embarazada y decidió tomárselo con calma.

–Bueno, es evidente que has tenido un día difícil –dijo con su tono de voz más tranquilizador–. Deberíamos ver a mi médico.

–¿Para qué?

–Para asegurarnos de que estás bien, claro. Y para hacer la prueba de paternidad.

–¿Es que no te basta con mi palabra?

Él arqueó una ceja.

–Podrías estar mintiendo, Scarlett.

–Podría, pero te he dicho la verdad. Y no me voy a hacer ninguna prueba que pueda poner en peligro al bebé.

–Solo nos sacará un poco de sangre. No hay peligro alguno.

–¿Cómo lo sabes?

Vin no se molestó en contarle la historia de la amante de una sola noche que, en febrero de ese mismo año, lo había intentado convencer de que estaba esperando un hijo suyo. Y eso, a pesar de que él llevaba preservativo y ella afirmaba tomar la píldora. Pero, cuando supo que no asumiría la paternidad del bebé sin una prueba de ADN, la mujer se echó atrás y confesó que se lo había inventado para sacarle dinero, pensando que caería en la trampa.

Deprimido, Vin se fue a un bar a tomar una copa. E irónicamente, se terminó acostando con una mujer a la que dejó embarazada de verdad, Scarlett.

La miró de nuevo y pensó que no tenía derecho a ser tan atractiva. Sus rizos rojos eran una tentación; su boca y sus ojos, un pecado. Y, por si eso no fuera suficiente, sus hinchados pechos y su abultado estómago aumentaban su voluptuosidad.

¿Habría sido sincera? ¿O habría mentido, como aquella mujer? Solo había una forma de saberlo. Necesitaba una prueba irrefutable.

–Ven –dijo.

Vin le ofreció una mano, que ella aceptó a regañadientes.

–De acuerdo, iré contigo al médico. Pero, ¿qué pasará cuando se demuestre que eres el padre de mi hijo?

–Que hablaré con mis abogados para que redacten un acuerdo prematrimonial.

–¿Un acuerdo prematrimonial? ¿Para qué?

Él sonrió.

–No me puedo casar contigo sin tener ciertas seguridades.

–¿Sobre qué? –preguntó ella.

–Sobre todo.

Vin la sacó del edificio por la entrada principal, cruzando la ya vacía iglesia. Solo había un par de empleados, que estaban retirando los ramos de flores.

–¿Qué habrá en ese acuerdo? –dijo Scarlett con inseguridad.

–Lo típico –respondió, encogiéndose de hombros–. Detalles como el sitio donde vamos a vivir... Yo vivo en Nueva York, pero tengo casas en todas partes. Mi trabajo en SkyWorld Airways me obliga a viajar con frecuencia y, a veces, no puedo volver en varios meses. Cuando eso suceda, os vendréis conmigo. No quiero estar lejos de mis hijos.

–¿Hijos? ¿En plural?

–Por supuesto. Me gustaría tener una familia grande.

–¿Y qué haré yo? Si estoy viajando todo el tiempo, no habrá nadie que me dé un empleo. ¿De qué voy a vivir?

–Tus problemas económicos terminarán en cuanto nos casemos. Y no tendrás más trabajo que el de ser una buena esposa y acompañarme cuando te necesite –dijo–. Tendrás que asistir a actos sociales. Aprenderás a entretener adecuadamente a personas poderosas y a defender los intereses de mi compañía, para lo cual conviene que recibas clases de modales y protocolo.

–¿Clases de qué?

Vin siguió hablando como si Scarlett no hubiera preguntado nada.

–Como es lógico, el acuerdo prematrimonial incluirá cláusulas concretas sobre un posible divorcio o separación. Y también se indicará la cantidad de dinero que te corresponderá por tus años de...

–¿Servicio? –lo interrumpió.

–De matrimonio, iba a decir.

–Ah.

–Pero, naturalmente, me quedaré con la custodia del niño si nos divorciamos.

–¿Cómo?

–No te preocupes. Podrás verlo tanto como quieras.

–Qué generoso eres –se burló.

Scarlett se detuvo a pocos metros del Rolls Royce blanco de Vin, junto al que esperaban sus guardaespaldas.

–¿Puedo pedirte un favor? –dijo.

–Claro.

–¿Podríamos pasar por una zapatería?

Ella sonrió de forma coqueta, y él se alegró de que se lo estuviera tomando tan bien. Al parecer, era menos rebelde de lo que había pensado. Quizá fuera fácil de moldear. Quizá.

–Oh, lo siento. No me había acordado de que estás descalza.

Súbitamente, Vin la tomó en brazos y la llevó al asiento trasero del vehículo, donde el conductor les lanzó una mirada de sorpresa. Al fin y al cabo, su jefe había entrado en la catedral con una rubia y había salido de ella con una pelirroja. Pero tuvo el buen juicio de ahorrarse sus opiniones y limitarse a arrancar.

–¿Alguna preferencia en cuestión de zapaterías?

Vin esperaba que Scarlett le diera el nombre de algún establecimiento particularmente caro, como solía hacer Anne. Y se equivocó.

–No, ninguna –contestó–. Me vale cualquiera.

–Ya has oído a la señorita –dijo al chófer.

Diez minutos después, Scarlett se estaba probando calzado en una tienda de deportes de la Calle 57, donde se compró unas zapatillas de su marca preferida y unos simples calcetines. A Vin le sorprendió mucho; sobre todo, porque se mostró tan extrañamente agradecida que se giró hacia él y le dio un abrazo cariñoso.

–¿Te importa que vaya un momento al servicio?

–No, en absoluto.

Scarlett se dirigió a la zona donde estaban los cuartos de baño, y él admiró las sensuales curvas de sus caderas. Estaba sexy hasta de luto.

Decidido a acelerar las cosas, se acercó al mostrador para pagar las zapatillas y los calcetines. Normalmente, Vin dejaba esos detalles mundanos a su ayudante; pero Ernest se había quedado en la catedral, solucionando los problemas logísticos de la fracasada boda: devolver los regalos, conseguir billetes de avión para los invitados y donar la comida del restaurante a un albergue de personas sin techo.

Eso le recordó que tendría que ampliar su plantilla. Necesitarían cosas como ropa de bebé, una cuna, una habitación para el recién nacido y unos cuantos vehículos de tamaño familiar, que añadiría a su pequeña flota de coches caros. Por supuesto, la paternidad también implicaba que tendría menos tiempo para su imperio económico; pero merecía la pena, porque por fin iba a tener una familia.

Justo entonces, se dio cuenta de que la cartera no estaba en sus pantalones. ¿Se le habría caído en el coche o quizá en la catedral? Desconcertado, le dijo a un guardaespaldas que pagara la compra y le pidió a otro que buscara la cartera. Luego, se sentó en un sillón y llamó a su médico para pedir cita.

¿Dónde se habría metido Scarlett? Estaba tardando mucho.

–Ve a buscarla –dijo a Larson, otro de sus hombres.

Vin se levantó y empezó a caminar, nervioso.

No podía ser.

No podía haber hecho eso.

No se podía haber ido.

–La señorita Ravenwood se ha marchado –declaró Larson cuando volvió–. La he buscado por todas partes, pero no está. Sospecho que ha huido por el almacén del fondo, cuya puerta da a un callejón.

Vin corrió hacia el callejón en compañía de sus hombres, aunque no sirvió de mucho. Daba a la Avenida Madison, que estaba absolutamente abarrotada de personas.

Scarlett le había tomado el pelo. Y encima, le había robado la cartera.

–Ah, claro, por eso quería unas zapatillas deportivas. ¡Para salir corriendo!

Vin se pasó una mano por el pelo y soltó una carcajada de incredulidad. Se había dejado engañar dos veces en el mismo día; y las dos veces, a manos de una mujer. Sin embargo, la traición de Anne le dolía enormemente menos que la fuga de su carterista. En primer lugar, porque deseaba a Scarlett con toda su alma y, en segundo, porque estaba embarazada de él.

¿Lo estaba de verdad?

Al pensarlo, se dio cuenta de que había grandes posibilidades de que hubiera mentido. Era absurdo que huyera de un hombre que le ofrecía una vida de lujos, salvo que tuviera miedo de la prueba de ADN. Pero, segundos después, Vin se acordó de su mirada de rabia y de lo que le había dicho en el refectorio: que detestaba que la intentaran controlar, que no era ni una estafadora ni una cazafortunas y que solo quería marcharse y criar a su hijo.

¿Se habría ido por eso?

Fuera como fuera, tenía que saberlo.

Fuera como fuera, la encontraría.

Y esta vez no se escaparía tan fácilmente. Esta vez, no se saldría con la suya. La doblegaría y la sometería a su voluntad. Aunque estuviera descalza.

Capítulo 3

EL PADRE de Scarlett solía decir que la libertad era lo único importante. Y ella, que se lo había oído en incontables ocasiones, lo creía a pies juntillas.

La libertad. El motivo por el que Harry Ravenwood y su familia se veían obligados constantemente a dejar su hogar en plena noche, hacer las maletas y huir. Una vez, cuando tenía siete años, Scarlett se dejó su osito de peluche en la casa que acababan dejar, y lloró hasta que su padre se inventó una historia para consolarla.

Harry le dijo que el osito estaría de aventuras por el mundo, subiendo a las pirámides de Egipto y escalando los Pirineos. Siempre era así. La animaba con sus cuentos y le arrancaba una sonrisa en cualquier circunstancia, aunque se estuvieran muriendo de frío en algún cuartucho de Nueva York. Y, si los cuentos no funcionaban, cantaba canciones sobre la libertad.

La libertad. El consuelo al que había apelado cuando su esposa falleció en la sala de urgencias de un hospital de Pensilvania. Scarlett, que ya tenía doce años, se hundió en la más profunda de las desesperaciones; pero Harry le secó las lágrimas con sus besos y le dijo que, por muy tristes que estuvieran ellos, su preciosa madre ya estaba libre de dolor.

Y ahora, Scarlett había recuperado su libertad. Había escapado de Blaise Falkner y de Vin Borgia. O más bien, habían escapado; porque no se trataba solo de ella, sino también del niño que iba tener.

Pero todo tenía un precio.

Para empezar, el precio del vuelo a Boston que había tomado tras huir de la zapatería. Para continuar, el precio de la documentación falsa que le había conseguido un amigo de su difunto padre. Y, para terminar, el precio del vuelo a Inglaterra, porque su plan consistía en marcharse tan lejos de Vin como le fuera posible.

Dos semanas después de iniciar su aventura, cruzó el Atlántico. Y, cuando solo faltaba una hora para llegar a Londres, se oyó un ruido sordo.

El avión empezó a temblar, y ella se aferró a su asiento, presa del pánico. Por lo visto, varios pájaros se habían estrellado contra los motores. Pero, fuera cual fuera la causa, Scarlett supo que era un problema grave por la expresión de la azafata que recorrió el pasillo, pidiéndoles que mantuvieran la calma y se abrocharan los cinturones.

¿Cómo había sido tan estúpida? Ni siquiera tenía que estar allí. Estaba embarazada de casi ocho meses, y se suponía que las embarazadas no debían volar después del séptimo mes. Había cruzado el Atlántico para quitarse de encima a Vincenzo Borgia, y ahora iba a morir del mismo modo que su padre, en un accidente de aviación.

–Prepárense para un aterrizaje de emergencia –dijo el piloto por el intercomunicador.

–¡Bajen la cabeza! –gritó la azafata mientras corría a su asiento–. ¡Manténganse agachados!

Scarlett obedeció, y cruzó los dedos para que aquello no terminara de forma trágica. Pero, contra todo pronóstico, el piloto consiguió llegar a un pequeño aeropuerto de la costa irlandesa y aterrizar.

Nadie resultó herido. La gente empezó a aplaudir a los miembros de la tripulación, y algunos se abrazaron entre ellos. Scarlett superó el incidente sin más daño que el golpe que se pegó en las rodillas cuando salió del aparato por la rampa inflable, pero eso no evitó que se maldijera a sí misma con todas sus fuerzas. Se había subido a un avión a pesar de que su padre había muerto en uno, y se había subido al coche de Falkner a pesar de saber que era un canalla.

Por suerte, ya no tendría que volver a volar. Nadie la estaba esperando en los Estados Unidos. Estaba sola en el mundo. Y, pensándolo bien, también era una suerte que Vin Borgia hubiera sido sincero con ella: le había dicho que la quería controlar, que quería controlar la vida de su hijo y que, si alguna vez se divorciaban, le quitaría la custodia. Le había dado tres buenas razones para huir.

En cuanto al robo de la cartera, Scarlett tenía la sensación de que su madre se estaría revolviendo en su tumba. Pero, ¿qué podía hacer? Necesitaba una identidad falsa. Vin era un hombre tan rico como implacable; un hombre con muchos contactos y un hombre que, además, poseía una línea aérea. Si cometía el error de comprar un solo billete con su nombre real, la encontraría.

Por eso había ido a Boston: para hablar con un amigo de su padre y comprar lo que nunca habría podido comprar sin el dinero de Vin, un pasaporte falso.

Sin embargo, Scarlett no se consideraba una ladrona. No había tocado ninguna de las tarjetas de crédito de su inconsciente benefactor. Solo había usado el dinero en efectivo, y en calidad de un préstamo que tenía intención de devolver.

Cuando llegó a Suiza, lo cual la obligó a tomar un par de transbordadores y otro par de trenes, se buscó un trabajo. Y cuando cobró el primer cheque, fue a una oficina de correos y envió la cartera con todo lo que se había gastado, añadiendo unas cuantas monedas como intereses del préstamo. Pero Scarlett no era tonta. No le envío francos suizos, que habrían delatado inmediatamente su paradero, sino unos euros que consiguió en la zona italiana.

Por fin era libre. Ya no debía nada a nadie.

Contenta, respiró hondo y volvió a la elegante mansión alpina donde estaba trabajando. En eso también había tenido suerte. Sabía que Wilhelmina Stone, la mejor amiga de su difunta madre, era ama de llaves de un multimillonario que vivía en Gstaad, así que se presentó en la casa con la esperanza de que le echara una mano. Y, aunque no se habían visto en mucho tiempo, se la echó.

–Te lo dije en el entierro de tu madre. Te dije que acudieras a mí si necesitabas algo –le recordó la amable y regordeta mujer–. ¿Sabes cocinar? La temporada de esquí está a punto de empezar, y mi jefe necesita una cocinera nueva.

–Me temo que no –contestó Scarlett, deprimida.

–Bueno, no te preocupes por eso. Estamos a mediados de octubre, y él no llegará hasta principios de diciembre. Tienes seis semanas enteras para aprender –replicó Wilhelmina–. Pero prepárate para lo que te espera. El señor Black es de los que invitan a sus amigos, y tendrás que hacer comida para grupos de diez o más personas.

Fiel a su palabra, Scarlett se puso manos a la obra y se inició en el difícil arte de la gastronomía, usando libros y vídeos de Internet. De momento, los resultados eran tan desastrosos que el guarda de la mansión le tomaba el pelo con el argumento de que ni el perro quería su comida. Y era tristemente cierto. Pero aprendería a cocinar de todas formas.

Había encontrado un trabajo ideal para una embarazada en sus circunstancias. Estaba a punto de dar a luz, y podría tomarse una o dos semanas de descanso antes de que apareciera el señor Black. Además, Wilhelmina le había dicho que su jefe no paraba mucho en casa, lo cual significaba que tendría tiempo y espacio para cuidar de su bebé. Y, por si eso fuera poco, Suiza le parecía el lugar perfecto para criar un hijo.

Definitivamente, era muy afortunada. La vida le sonreía. O, por lo menos, le sonrió hasta que una mañana, mientras disfrutaba del fresco aire alpino, se encontró con un hombre que empezaba a olvidar.

–Hola, Scarlett.

Scarlett se estremeció. Era Vincenzo Borgia, y no estaba solo; le acompañaban tres guardaespaldas que formaban un muro impenetrable junto a los dos vehículos en los que habían llegado: un Ferrari rojo y una furgoneta negra.

–¿Qué haces aquí? –preguntó ella.

Vin se acercó y la agarró de la muñeca.

–¡Suéltame! –protestó Scarlett.

–No, no te soltaré hasta que devuelvas lo que me has robado.

–¡Ya te lo devolví! ¡Y con intereses!

Scarlett se giró hacia el vado de la mansión, pero estaba demasiado lejos para que Johan, el guarda de la propiedad, la viera. Y, aunque la hubiera visto, ¿qué habría podido hacer? Habría sido uno contra cuatro.

–No me refería al dinero.

Ella se llevó las manos al estómago.

–Si lo dices por el bebé, no es tuyo. Te mentí.

–No, estás mintiendo ahora.

–¡Suéltame! –volvió a protestar.

Vin sacudió la cabeza.

–Sinceramente, no te entiendo. Muchas mujeres estarían encantadas de tener un hijo con un multimillonario.

–¿Con un multimillonario sin ningún tipo de escrúpulos? Tú no te limitas a comprar empresas. Aniquilas a tus rivales. Los destrozas por completo. Destruyes sus matrimonios, sus familias y hasta sus vidas.

Vin guardó silencio durante unos segundos. Todo estaba tan tranquilo que solo se oía el canto de los pájaros. Y, cuando volvió a hablar, su voz sonó extrañamente triste.

–Ah, vaya. Has estado buscando en Internet.

–¿Por qué crees que no me puse en contacto contigo después de aquella noche? Tenía intención de llamarte. Me fui sin avisar porque la enfermera de la señora Falkner me llamó para pedirme un medicamento que necesitaba, pero quería volver a verte... hasta que me conecté a Internet y te investigué –dijo–. No voy a permitir que mi niño crezca con un hombre que disfruta del dolor ajeno.

–Si soy tan terrible, ¿por qué acudiste a mí en busca de ayuda?

–Porque tenía miedo de Blaise.

–¿Y no tenías miedo de mí?

Ella entrecerró los ojos.

–Mira, decidí darte una oportunidad. Mi padre tampoco era perfecto, pero lo quería con toda mi alma. Y te la habría dado si no hubieras sido tan explícito en lo tocante a tus intenciones.

–¿A qué intenciones te refieres? –preguntó, desconcertado–. ¿A asumir mi responsabilidad? ¿A casarme contigo y ser un buen padre?

–Si creyera que podemos formar una familia y querernos lo suficiente, me casaría contigo sin dudarlo un segundo. Pero ser madre soltera es mucho mejor que estar con un hombre que me hará daño.

–¿Hacerte daño? ¡No he hecho daño a una mujer en toda mi vida!

–No mientas, Vin. Siendo como eres, habrás partido el corazón a unas cuantas.

–Ah, te referías a daños emocionales...

–Sí, en efecto, emocionales. Eso también cuenta.

–Yo diría que no.

–En cualquier caso, no me voy a casar contigo.

Vin la soltó y la miró con humor.

–Digan lo que digan por ahí, nunca he envenenado a nadie ni he saboteado nada. Y, por supuesto, tampoco he contratado a nadie para que lo hiciera –dijo–. Pero un periodista descubrió que algunos de mis adversarios habían tenido problemas y llegó a la conclusión de que yo estaba detrás.

–¿Y no es cierto?

–No, no lo es. Fueron simples coincidencias. La mujer de un hombre lo descubrió con otra, y le echó veneno en el whisky a la mañana siguiente. ¿Qué culpa tengo yo? Luego está el caso del tipo que sufrió un infarto cuando hice una OPA hostil a su empresa, pero eso tampoco es culpa mía. Y, en cuanto a los hermanos que se pelearon porque uno me vendió sus acciones, ¿qué puedo decir? Fue cosa suya.

–Pero Blaise se asustó mucho cuando supo quién eras. Y tú sabías que se asustaría.

–Claro que lo sabía. Estoy al tanto de los rumores

que me afectan. Y, aunque no sean ciertos, sería estúpido si no los aprovechara.

–Y tú no eres estúpido.

–No –dijo–. Ni me agrada que me hayas tomado por uno.

Scarlett volvió a mirar la mansión. Quería salir corriendo, pero estaba demasiado lejos para una embarazada de tantos meses.

–Quiero ese test de paternidad –continuó Vin–. He pedido cita con una especialista de Ginebra, que te verá hoy.

–Ya tengo médico. Pero gracias de todas formas.

–La doctora Schauss es una de las mejores profesionales de su sector. Fue obstetra de una princesa sueca, y ha traído al mundo a la mitad de los niños de varias casas reales.

–No voy a ir a Ginebra porque quieres que vea a una doctora de la aristocracia.

–La decisión no es tuya.

–¿Y si me niego a ir?

Vin suspiró.

–Conozco bastante bien a Kassius Black, el dueño de esta mansión. ¿Qué crees que diría si le cuento que su querida ama de llaves ha contratado a una ladrona que tiene intención de robar a sus invitados?

–¡Eso no es verdad!

Él se encogió de hombros.

–Podría serlo. A fin de cuentas, eres una ladrona y una mentirosa –replicó–. Pero, aunque no lo sea, ¿estás dispuesta a dejar en tan mal lugar a la mujer que te ha echado una mano?

–Eres un ser despreciable...

–No, *cara*. La despreciable eres tú. Yo no le he robado a nadie.

–¡Te he devuelto todo el dinero!

–Sí, y con intereses más elevados que muchas de mis inversiones. Desde ese punto de vista, ha sido un negocio rentable –dijo con humor–. De hecho, debería darte las gracias.

Ella se quedó perpleja.

–Entonces, ¿no estás enfadado conmigo?

–¿Por lo de la cartera? No, ni mucho menos. Pero robarme a mi hijo es otra cosa.

A Scarlett se le encogió el corazón. Wilhelmina había sido muy buena con ella, y no podía permitir que Vin destrozara su reputación profesional con una mentira.

¿Qué podía hacer?

Tras pensarlo un momento, se dio cuenta de que la clínica de Ginebra era su única opción. Las clínicas eran lugares grandes, con muchas entradas y salidas; lugares de los que cualquiera se podía escapar.

–Está bien, tú ganas.

–Siempre gano.

Vin hizo un gesto a los guardaespaldas y, a continuación, la volvió a mirar.

–Ginebra está a dos horas en coche, y me parece un viaje demasiado largo para una mujer en tu estado. Mi helicóptero llegará dentro de diez minutos –anunció.

–¡No!

La negativa de Scarlett fue tan brusca que él frunció el ceño. Pero ella disimuló rápidamente y añadió, con una sonrisa:

–Prefiero que vayamos en coche. Así tendremos ocasión de hablar. Además, el paisaje es muy bonito en esta época del año.

Vin se volvió a encoger de hombros.

–Como quieras.

Cinco minutos después, uno de los guardaespaldas de Vin subió al dormitorio de Scarlett para recoger sus pertenencias. Entre tanto, ella entró en la cocina y se despidió de Wilhelmina, que se llevó una buena sorpresa.

–No puedo creer que te vayas, Scarlett.

–Lo siento, Wilhelmina. No quiero dejarte en la estacada, pero no tengo más remedio. Lo siento sinceramente.

–Eso no me preocupa, querida. A decir verdad, cocinas tan mal que el señor Black pensaría que estaba trastornada cuando te contraté. Pero estoy preocupada por ti –añadió, mirando a Vin con desconfianza–. Así que este es el padre de tu hijo... ¿Es cierto que te quieres ir con él? ¿O te vas contra tu voluntad?

Vin no se sintió precisamente halagado. Sin embargo, Wilhelmina era el ama de llaves de Kassius Black, un hombre aún más temido que él, y le pareció normal que desconfiara de los ricos. Al igual que Scarlett, tenía la experiencia suficiente como para saber que el glamour podía ser el escondite perfecto de la fealdad.

–Cuidaré de Scarlett y el niño. Le doy mi palabra.

El ama de llaves lo escudriñó durante unos segundos y, acto seguido, dejó de fruncir el ceño.

–Le creo.

–Excelente –dijo Vin con la mejor de sus sonrisas–. Scarlett y yo nos casaremos pronto.

Wilhelmina se giró hacia ella.

–¿Te has comprometido y no me has dicho nada?

–Bueno, es que aún no hemos decidido...

–Gracias por haber sido tan leal y amable con Scarlett, señora Stone –las interrumpió Vin–. Si alguna vez quiere cambiar de empleo, le ruego que nos lo diga.

Vin le dio su tarjeta, tomó a Scarlett de la mano y salió de la casa con los guardaespaldas, que metieron su escaso equipaje en la furgoneta. Solo era un bolso y una bolsa de viaje. Poco más de lo que el tenía cuando, a sus quince años de edad, tras la muerte de su madre, se fue a vivir a Nueva York con un tío al que apenas conocía.

Aún recordaba lo triste y vulnerable que se había sentido. Pero no quería pensar en eso. Ya no era un adolescente. Ya no se sentía vulnerable, y no iba a permitir que su hijo tuviera una experiencia parecida.

Momentos después, abrió la portezuela del deportivo rojo y dijo a Scarlett:

–Entra.

–¿Vas a conducir tú?

–Sí, mis guardaespaldas nos seguirán en su vehículo. Como bien has dicho, hace un día precioso. Y me apetece conducir.

Vin arrancó y los llevó montaña abajo, atravesando la bella localidad de Gstaad, con sus boutiques de diseño, su encantadora arquitectura alpina y sus macetas de flores en las ventanas. El cielo estaba completamente despejado, y el sol se alzaba sobre las cumbres de la boscosa cordillera.

Mientras conducía, miró a Scarlett por el rabillo del ojo. Llevaba botas, pantalones de color caqui, una camiseta negra y una chaqueta sin abrochar. Sus rojos rizos le caían sobre los hombros como una cascada de fuego, y sus ojos verdes tenían el tono de los bosques cercanos. Estaba tan apetecible que deseó volver a sentir el contacto de sus labios.

Y se estremeció.

¿Cómo era posible que tuviera tanto poder sobre él?

No había dejado de pensar en ella desde que se escapó de la zapatería de la Avenida Madison. Y no había hecho otra cosa que buscarla.

Era como si se le hubiera metido en las venas y no la pudiera sacar. La llevaba dentro desde que la encontró en aquel bar, tomando vodka; la llevaba dentro desde la primera vez que la tomó entre sus brazos; la llevaba dentro desde que se marchó sin decir nada después de haberse acostado con él y, por supuesto, la llevaba dentro desde que apareció en su boda para decirle que estaba embarazada.

Scarlett Ravenwood era una mezcla de ángel y demonio. No tenía nada de particular que, en los ocho meses transcurridos desde su noche de amor, Vin no se hubiera acostado con nadie. Para él, ocho meses sin sexo era una eternidad; pero Scarlett le había dejado una huella tan profunda que no se sentía capaz de estar con otras.

Era la mujer que necesitaba, la mujer que quería. Y sería suya.

–¿Cómo me has encontrado? –preguntó ella de repente.

Vin arqueó una ceja, sin apartar la vista de la carretera.

–Cometiste un error al enviarme la cartera desde esa oficina de correos. Tengo muchos contactos en este país. Y, por si eso fuera poco, el funcionario de la oficina recordaba el modelo del coche que llevabas.

–¿Lo recordaba? ¿Cómo es posible?

–No hay muchos descapotables verdes como ese. Era un Plymouth Hemi Cuda de 1970, y lo reconoció enseguida porque es un amante de los coches –contestó–. De hecho, también se acordaba de ti. Dijo que eras una pelirroja preciosa, pero que conducías muy mal. Desde su punto de vista, el Plymouth merecía algo mejor.

–Quién lo iba a imaginar... –declaró ella, sacudiendo la cabeza–. Saqué el coche del garaje del señor Black, y lo elegí precisamente porque supuse que, siendo el más viejo, también sería el más barato.

–¿Barato? Quedan tan pocos modelos que no se venden por menos de dos o tres millones de dólares.

–¿Me estás diciendo que, si hubiera elegido el flamante sedán...?

–No te habría encontrado nunca –la interrumpió.

–Oh, vaya.

–Francamente, no sé por qué desconfías tanto de mí. Soy yo quien debería desconfiar. Me mentiste a la cara, me robaste la cartera, secuestraste a mi hijo y...

–¿Secuestrar?

–¿Cómo quieres que lo llame? Eres una ladrona –dijo–. Una ladrona que creció junto a un malhechor.

–¡Mi padre no era ningún malhechor! Ni siquiera habría ido a la cárcel si su cómplice no lo hubiera traicionado.

–Ahórrame las excusas. Era un atracador de bancos.

–Un atracador que devolvió el dinero. ¿Tú puedes decir lo mismo?

–¿De qué estás hablando?

–De ti, de Blaise Falkner y de todos los millonarios del mundo. Vosotros sois los verdaderos ladrones. Sois...

–Sigue, por favor. Te escucho –dijo con toda tranquilidad.

–Nunca he conocido a un rico que no fuera un desalmado. Mi padre solo robaba para sobrevivir y, aunque hubiera seguido robando hasta el fin de sus días, no habría robado tanto como un simple especulador de Wall Street en una sola hora. Y con el agravante de que esos tipos roban a los pobres. Los dejan sin pensiones, sin ahorros, sin esperanza alguna.

–No me compares con esos –protestó.

–¿Por qué no? Tú no sacrificarías ni a los gemelos de platino que llevas por la vida de otra persona. Ni arriesgarías tu propia vida.

–¿Estás segura?

Vin miró brevemente las azules aguas del lago Lemán.

–Me lo dijiste tú mismo cuando hablamos de los daños emocionales. Dijiste que no tenían importancia –contestó–. Dudo que hayas estado enamorado de nadie. ¿Y pretendes que me case contigo?

–El amor es innecesario.

–¡Qué estupidez! Eso es como afirmar que comer bien es innecesario. Pero, ¿quién quiere comer gachas cuando puede comer tarta?

–Las tartas emocionales son una ilusión. Y, al final, siempre saben a gachas.

–Eso es lo más triste que he oído en toda mi vida –declaró–. Casi me das pena. ¡Un millonario que se contenta con comer gachas!

Vin no lo pudo creer. Una pobretona que se veía obligada a robar carteras decía que él le daba lástima.

–La verdad siempre es mejor que la mentira –replicó–, por dura que sea la primera y suave que la sea la segunda.

–Esto no tiene nada que ver con las verdades y las mentiras –dijo ella–. ¿A quién quieres engañar? Tu opinión sobre el amor es simple y pura hipocresía. Se nota que alguien te hizo daño. Una mujer, sin duda.

Él pensó que había acertado. Pero no era lo que Scarlett imaginaba.

–En tal caso, esa mujer me hizo un favor. Me obligó a afrontar la realidad.

–No, la realidad es más compleja.

–Tanto si lo es como si no, será mejor que te prepares. Nos casaremos en cuanto me asegure de que ese niño es mío.

–No, gracias. Detesto las gachas.

Vin entrecerró los ojos.

–¿Insinúas que tus infantiles y absurdos sueños románticos son más importantes que el bienestar de nuestro hijo? Un niño merece estar con sus madres. Necesita estabilidad.

–¿Y crees que no lo sé? Nunca tuve un hogar de verdad. Habría dado lo que fuera por tener raíces, amigos, una comunidad... pero no los tuve –a Scarlett se le quebró la voz–. Y, ¿sabes una cosa? Por extraño que te parezca, fuimos felices. Mis padres se adoraban, y me adoraban a mí.

Vin sintió envidia de Scarlett. Nunca había tenido una familia de verdad. Su madre, que iba de amante en amante, lo dejaba abandonado en la casa donde vivían, y solo lo quería por un motivo: para sacar dinero a su padre.

–¿Por qué huiste en Nueva York? –preguntó de repente–. ¿Porque decidiste creer que soy un canalla, como dicen por ahí?

–¿Estás de broma? No, claro que no. Huí por lo del acuerdo prematrimonial.

Él le lanzó una mirada de sorpresa.

–¿Huiste por eso?

–¿Pensabas que iba a firmar un contrato que nos convertiría a mi hijo y a mí en propiedades tuyas? No voy a renunciar a mi libertad. Me niego a ser una especie de trofeo.

–No te entiendo, Scarlett. Es un acuerdo absolutamente justo.

–Absolutamente justo –repitió ella con ironía–. ¿Te refieres a que tú tomarás todas las decisiones cuando nos hayamos casado? ¿O a que te quedarás con la custodia del niño si decidimos divorciarnos?

–No tengo intención de divorciarme. Pero no podría hacer nada si te quisieras ir, de modo que incluí esa cláusula para minimizar el impacto de las decisiones equivocadas que puedas tomar –contestó.

–¿De mis decisiones equivocadas? Dios mío, Vin... –dijo ella, sacudiendo la cabeza–. Y cualquiera sabe qué otras cláusulas se esconden en la letra pequeña. Eres capaz de haber incluido la obligación de que te haga cinco felaciones a la semana.

Vin sabía que el comentario de Scarlett no pretendía ser erótico. Solo quería sacarlo de quicio. Pero su cuerpo reaccionó al instante y, para empeorar la situación, su mente se llenó de imágenes tórridas. Si hubiera sido por él, habría llamado a sus abogados para pedirles que incluyeran esa cláusula.

–Afirmas que me comporto de forma infantil e irresponsable –continuó ella–, pero mi negativa a casarme contigo se debe precisamente a que quiero proteger a mi bebé.

–¿Cómo puedes decir eso? –preguntó, parando el coche en un semáforo en rojo–. Tengo mucho dinero. Te ofrezco una vida llena de lujos. Joyas, coches, aviones privados, las mejores escuelas que se puedan pagar y seis casas repartidas por todo el mundo.

–Pero no lo ofreces por amor, sino porque nos quieres controlar a mí y a mi hijo.

Vin guardó silencio, y se mostró extrañamente distante hasta que llegaron a la clínica, un edificio moderno que estaba en la orilla del lago. Una vez allí, aparcó, salió del vehículo y, tras abrir la portezuela de Scarlett, le ofreció la mano.

Ella la aceptó a regañadientes, y él sintió una descarga eléctrica. Pero no la soltó. No podía. No quería. Y, cuando llegaron a la entrada, se la besó con dulzura.

–Eres incapaz de amar, Vin. ¿Y sabes por qué? Porque no confías en nadie –dijo–. El simple hecho de que te empeñes en que hagamos esa prueba...

–No es desconfianza, sino precaución –la interrumpió–. Me empeño porque no sería la primera vez que me mintieran en algo así.

–¿Cómo?

–Una mujer intentó convencerme de que la había dejado embarazada, pero era mentira. Solo quería casarse conmigo –explicó–. Sin embargo, lo tuyo es distinto. Sé que eres sincera. Lo sé en el fondo de mi corazón.

–Oh, Vin...

Él le apartó un mechón de la cara.

–Me encanta que me mires así –dijo en voz baja–. Eres tan bella... Tus ojos tienen el misterio de los bosques y tus labios, la dulzura de una fruta en su punto. Nunca olvidaré lo que sentí cuando los besé por primera vez.

Vin le pasó un dedo por el labio inferior, y ella se estremeció de placer.

Si hubieran estado solos, la habría llevado a algún sitio donde pudieran satisfacer su deseo. Pero sus guardaespaldas los estaban mirando y, por otra parte, tenían cita en la clínica.

–Es cierto que no creo en el amor, Scarlett. Por lo menos, en el amor romántico –prosiguió–. Pero creo en el deseo. Y no he dejado de desearte en ningún momento.

–¿Ah, no? Te recuerdo que has estado a punto de casarte con otra.

–Porque pensé que te había perdido y que no te volvería a ver –respondió, acariciándole la mejilla–. Siempre he querido que seas mía. Y ahora que has vuelto, lo serás. Cueste lo que cueste.

Capítulo 4

NO HAY duda alguna, señor Borgia. El niño es suyo.

La doctora sonrió de oreja a oreja. Evidentemente, estaba encantada de darles lo que, desde su punto de vista, era una buena noticia.

Scarlett se giró entonces hacia Vin y escudriñó sus ojos. Brillaban con orgullo, alivio y alegría, pero también con ira. Dijera lo que dijera, no había olvidado lo de Nueva York. No le perdonaba que hubiera huido de él.

Durante la hora siguiente, Scarlett no hizo otra cosa que analizar la situación en busca de una oportunidad. Suponía que él bajaría la guardia en algún momento, y que ella podría huir otra vez. No tenía más opciones. Cuando Vin supiera que el niño era efectivamente suyo, tendría una información que podría llevar a los tribunales para quitarle la custodia. Pero no bajó la guardia ni un segundo.

Vin estaba tan seguro de haber ganado la partida que se puso a hablar sobre lo que esperaba de ella en calidad de esposa. Y lo hizo con todo lujo de detalles, desde los amigos que debía tener hasta la ropa que se debía poner.

¿Cómo se atrevía a llegar tan lejos? ¡Era tan malo como Blaise! Quería que renunciara a su libertad y se convirtiera en una especie de esclava.

A pesar de ello, Scarlett mantuvo el aplomo y fingió una tranquilidad que no sentía en absoluto. Vincenzo Borgia no era tan malo como Blaise, sino aún peor. Era mucho más peligroso. Cada vez que la tocaba, desataba en ella una cascada de emociones que casi no podía controlar. Quería rendirse a él. Ardía en deseos de entregarse a él. Y, si no se andaba con cuidado, sería inevitablemente suya.

–Bueno, ya tenemos los resultados de la prueba –anunció por fin la doctora, con acento ligeramente inglés–. El bebé goza de buena salud, y no hay duda de que usted es el padre, señor Borgia. ¿Quieren saber si es niño o niña?

Vin miró a Scarlett, que carraspeó y dijo:

–Sí, claro.

La doctora Schauss sonrió.

–¡Es un niño!

Los ojos de Scarlett se llenaron de lágrimas. En pocas semanas, tendría un precioso niño entre sus brazos.

–¡Un niño! –repitió él.

La cara de Vin se iluminó. Pero, acto seguido y para sorpresa de Scarlett, se giró hacia la doctora y preguntó:

–¿Y cómo está ella? ¿Va todo bien?

Si Scarlett hubiera confiado en Vin, se habría sentido halagada por su preocupación.

–Sí, la señorita Ravenwood está perfectamente. Su presión sanguínea es buena y, aunque falta poco para el parto, no parece que vaya a dar a luz en los próximos días. Pero eso puede cambiar en cualquier momento, claro.

–Entonces, será mejor que nos casemos pronto –dijo Vin, mirando a Scarlett–. Mi abogado de Nueva

York me ha enviado el acuerdo prematrimonial. Solo falta que lo firmes.

Scarlett se sintió como si la tierra se abriera bajo sus pies y no pudiera hacer nada. Sobre todo, cuando Vin llamó por teléfono a su ayudante:

–Ernest, necesito que encuentres un sitio donde nos podamos casar con rapidez. Sí, ya sé que en Europa es más complicado... Sí, esta misma noche. O mañana a más tardar.

Scarlett pensó que había cometido el peor error de su vida. Había permitido que Vin se saliera con la suya y tuviera su prueba de ADN. Ahora estaba atrapada. Si volvía a huir, la perseguiría por todo el mundo hasta localizarla. Y, para empeorar las cosas, la ley estaría de su lado.

Nerviosa, se levantó de la silla y dio las gracias a la doctora Schauss. Vin seguía hablando con su ayudante. Mencionó sitios tan dispares como Gibraltar y Dinamarca. Hasta estaba dispuesto a volar a Las Vegas si no encontraban algo en Europa. Y en cualquier momento, reservaría billetes de avión, colgaría el teléfono y se pondría otra vez en guardia.

Si quería huir, tenía que huir de inmediato. Era entonces o nunca.

–¿Se encuentra bien, señorita Ravenwood? –preguntó la doctora–. Está un poco pálida.

–Sí, no se preocupe. Es que tengo que ir al servicio –contestó con una sonrisa forzada–. Si me disculpa...

–Por supuesto.

Scarlett salió rápidamente de la consulta. Sabía que los guardaespaldas de Vin estaban en la puerta principal, de modo que tomó pasillos y más pasillos en busca de la escalera de servicio. Cuando por fin la encontró, se puso a pensar en lo que haría: volver a Gstaad y rogarle a Wilhelmina que presionara a su jefe para que la ocultara. Al fin y al cabo, Kassius Black era un hombre poderoso, con muchos medios a su alcance.

Pero, ¿qué pasaría si se negaba a ayudarla? En ese caso, pediría dinero prestado y viajaría a algún lugar donde Vin no tuviera contactos de ninguna clase. ¿Samarkanda quizá? ¿Vladivostok?

Al salir del edificio, vio un autobús que se acercaba y corrió hacia él por el césped de la parte trasera de la clínica.

Corrió hasta que se detuvo en seco.

–¿Vas a alguna parte? –dijo un hombre.

Era Vin, que se plantó ante ella con los brazos cruzados.

–¿Cómo es posible que...? –preguntó Scarlett, perpleja.

–Sabía que intentarías escapar.

–¡Pero si no he discutido contigo! ¡Me he portado como si me hubiera resignado a mi suerte! –protestó.

–Por eso lo he sabido –dijo él, casi con humor–. La mujer que yo conozco me habría atacado con todas sus armas cuando me he puesto a detallar lo que esperaba de ella.

–¿Solo me estabas probando?

Vin se encogió de hombros.

–Me temo que sí. Aunque, francamente, me he llevado una decepción contigo –contestó, mirándola con curiosidad–. ¿Creías que podías usar el mismo truco? Casi es un insulto a mi inteligencia.

Él dio un paso adelante, y ella respiró hondo. La miraba como un depredador hambriento.

–¿Por qué tienes miedo de mí? –continuó–. Solo te he ofrecido el matrimonio. Pero me tratas como si fuera un villano de novela.

–¡Tú me has ofrecido el matrimonio! ¡Me lo quieres imponer! –puntualizó Scarlett–. ¡Eres peor que Blaise Falkner!

–¿Y ahora me insultas?

–¡Él también quería que renunciara a mi hijo!

–Yo no pretendo...

–Pero él no me engañó en ningún momento –lo interrumpió–. Yo sabía que era un monstruo... En cambio, tú me gustabas. ¡Hasta me acosté contigo! Y ha resultado que eres tan egoísta como él. Estás dispuesto a lo que sea con tal de que firme ese acuerdo prematrimonial. ¡Pues bien, no lo voy a firmar! ¡Y no seré tu esposa! ¡Ya no estamos en la Edad Media!

Vin suspiró.

–Mira, Scarlett, no tengo tiempo para tonterías. Debo volver a Roma esta misma semana –dijo–. Si tienes alguna queja sobre el acuerdo, dímelo en el coche. Lo puedes leer de camino al aeropuerto.

–¿Al aeropuerto?

–En efecto. Nos casaremos en Las Vegas.

–¡No voy a subir a un avión!

–¿Por qué? ¿Temes que te secuestre y te lleve a un lugar menos burgués que Suiza? Tienes muy mala imagen de mí. Pero, si te disgusto tanto, ¿por qué no tomaste medidas cuando supiste que te había dejado embarazada? ¿Y por qué te entregaste a mí? Recuerdo cómo gemías cuando te hacía el amor una y otra vez.

Scarlett se quedó sin aliento.

–Yo...

–Me clavaste las uñas con tanta fuerza que tuve marcas en la espalda durante varios días.

Ella se estremeció, aunque recuperó el aplomo enseguida.

–No niego que seas un buen amante. Pero yo no

tenía entonces la experiencia necesaria para resistirme al deseo. Y ahora la tengo –afirmó–. No me voy a entregar a ti. No te voy a entregar a mi hijo.

Vin entrecerró los ojos.

–¿Prefieres que crezca sin padre? ¿Sin la protección que le ofrezco? ¿Sin mi amor?

–¿Tu amor? –dijo con sorpresa.

–Por supuesto. ¿O crees que no querría a mi propio hijo?

–Esa no es la cuestión, Vin.

–Pues, ¿cuál es?

–Que quieres imponerme tu voluntad. Si tus intenciones fueran buenas, no me obligarías a firmar ese acuerdo.

–¿Y qué pretendes? ¿Casarte conmigo sin un acuerdo prematrimonial? ¿Para divorciarte después y llevarte la mitad de mi fortuna?

Scarlett sacudió la cabeza.

–Claro que no. Ni tú te arriesgarías a eso ni yo quiero tu dinero –respondió–. Como ves, solo tenemos una salida: no casarnos.

Vin la miró con detenimiento. Se había levantado una suave brisa que acariciaba las otoñales hojas de los árboles.

–Ah, creo que lo empiezo a entender. Te niegas a casarte conmigo porque quieres casarte por amor –dijo–. Eres como mi difunta madre, siempre huyendo de sus responsabilidades por una fantasía romántica que nunca fue real.

–¡Yo no huyo de mis responsabilidades! ¡Huyo de una pesadilla!

–¿Una pesadilla?

–¡Sí! ¡Tú!

Él apretó los labios.

–¿Y qué vas a hacer cuando nazca el niño? ¿Huir también de esa pesadilla?

–¡Jamás!

–¿Cómo puedo estar seguro?

–Soy su madre, y lo querré más que a mi propia vida.

–¿Y cuál será mi papel? ¿Limitarme a pagar los gastos?

–Ya te he dicho que no quiero tu dinero.

–Pues serás la primera.

–Todo tiene un precio, como bien sabes. Y tú dinero también lo tendría –declaró–. Por eso me lo ofreces.

–¿Y cómo lo vas a criar? Los niños salen caros.

Ella ladeó la cabeza.

–Bueno... si no me estuvieras persiguiendo y no tuviera que esconderme de ti, podría volver a Gstadd y ganarme la vida como cocinera.

Vin la miró con incredulidad.

–¿Prefieres ser cocinera a llevar una vida llena de lujos?

–¿Cómo puedes ser tan esnob? Las cocineras hacen que el mundo sea mejor –adujo–. ¿Puedes decir lo mismo de tu trabajo?

–Te recuerdo que soy el dueño de una línea aérea.

–Ah, sí, de una de esas líneas que transportan personas como si fueran ganado, con asientos tan pequeños como un sello de correos –ironizó.

Vin hizo caso omiso del comentario.

–Tengo mucho respeto por los cocineros, Scarlett. Pero Wilhelmina Stone me dijo que la cocina no es precisamente lo tuyo.

–Aprenderé –replicó, cruzándose de brazos–. Si pude trabajar y estudiar enfermería al mismo tiempo, puedo aprender a cocinar. Todo depende del esfuerzo y de no tener miedo a pasar noches en vela, cuestiones ambas en las que tengo bastante experiencia.

Vin asintió lentamente.

–Veamos si lo he entendido bien... No quieres que el niño lleve mi apellido; no quieres que nos casemos y, por supuesto, tampoco quieres mi dinero. Prefieres que nuestro bebé crezca sin padre y que tú te veas obligada a hacer trabajos mal pagados con tal de sobrevivir.

Scarlett lo miró con inseguridad. Dicho así, cualquiera habría pensado que era la mujer más idiota del universo.

Mientras Vin clavaba la vista en sus preciosos ojos, cayó en la cuenta de un problema que no había calculado hasta entonces. No tenía forma de obligarla. O, por lo menos, ninguna forma con la que él mismo no se sintiera incómodo.

No estaba en el mundo empresarial, donde siempre podía aumentar su oferta o extorsionar a un grupo de accionistas para que se doblegaran a sus pretensiones. No se trataba de comprar y vender. No podía usar los mismos trucos.

¿O sí?

Sus investigadores le habían informado exhaustivamente sobre Scarlett. No tenía familia, y la suma de su cuenta bancaria no habría dado ni para pagar una vulgar cena de negocios. Además, no había terminado la carrera y, para empeorar las cosas, su relación con Falkner había acabado tan mal que tampoco tenía referencias laborales.

Pero Falkner se iba a arrepentir de lo que había

hecho. Había amenazado a su futura esposa y al hijo que llevaba en su vientre. Y pagaría por ello.

Si Scarlett se casaba con él, claro.

–¿Te seguirías negando a firmar ese acuerdo si me comprometo a pagarte un millón de dólares por cada año de matrimonio?

–Sí.

–¿Y qué tal si son dos millones?

–No me puedes comprar, Vin.

–Ya, todo el mundo dice eso. Y todo el mundo tiene un precio –replicó–. ¿Diez millones por año? Es mi última oferta. Piénsalo bien antes de contestar.

Scarlett se quedó anonadada, y Vin pensó que se iba a salir con la suya. Pero no fue así.

–No me puedes comprar –repitió, orgullosa–. La libertad es mucho más importante que el dinero. No voy a ser tu esclava, y no voy a permitir que te quedes con la custodia del niño si decido divorciarme.

Vin la miró con absoluto asombro. Se estaba enfrentando a una idealista, y tan obstinada como él mismo. ¿Qué podía hacer? Quería a Scarlett como esposa y como amante. Y también quería que su hijo creciera a salvo, con todo lo que pudiera necesitar.

–¿Qué puedo hacer para que cambies de idea?

–Nada –dijo con firmeza–. Solo me casaría por amor, y no te amo.

–Si quieres una casa, te puedo dar seis.

–Una casa sin amor no es un hogar.

–Eso es lo más ridículo que he oído en mi vida...

Justo entonces, Vin encontró la solución: manipular el temperamento romántico de Scarlett en beneficio propio. Si quería amor y libertad, le daría amor y libertad. O, para ser más exactos, fingiría dárselos.

Vin no tenía experiencia en ese sentido. Nunca se

había fingido enamorado. Pero no podía ser tan difícil y, por otra parte, contaba con las lecciones que le había dado su madre, toda una artista en el arte de fingir afecto para manipular a los demás.

Solo tenía que encontrar la manera. Scarlett no era tonta, y se daría cuenta si cambiaba repentinamente de actitud.

–En ese caso, demuéstrame que estoy equivocado. Demuéstrame que el amor no es una ilusión –la desafió.

–Oh, vamos, ¿a quién quieres engañar? No podría demostrártelo. No entregarías tu corazón a nadie. Nunca lo has entregado.

–Tal vez, porque no he conocido a la mujer adecuada. Pero tú eres distinta –dijo sinceramente–. Te deseo más de lo que he deseado a nadie. Respeto tu inteligencia y admiro tu buen corazón. Puede que el amor empiece así, ¿no crees?

Scarlett soltó una carcajada.

–Buen intento, Vin. Casi has conseguido convencerme de que te podrías enamorar de mí. Casi –enfatizó.

–Solo te pido una oportunidad.

–Que yo no te puedo conceder.

Vin respiró hondo y dijo:

–Está bien. Nos casaremos sin acuerdo prematrimonial.

–¿Qué? –preguntó, desconcertada–. Eso no tiene ni pies ni cabeza. Como tú mismo has dicho, te arriesgarías a perder la mitad de tu fortuna.

–Sí, lo sé, pero el riesgo merece la pena.

A decir verdad, Vin no creía que corriera ningún riesgo. Era tan arrogante que se sentía capaz de enamorarla, controlarla y hacer que firmara un acuerdo posmatrimonial en cuanto se hubieran casado. Además, la idea de enamorar a una mujer le parecía interesante. En general, se acostaba con ellas y rompía la relación antes de que establecieran lazos emocionales; pero esta vez se trataba de establecerlos, y le gustaban los desafíos.

–¿Me darás esa oportunidad si me arriesgo contigo? –prosiguió.

–¿Por qué? –dijo ella, resistiéndose al sentimiento de esperanza que Vin había despertado–. ¿Por qué te importa tanto ese matrimonio?

–Porque sé lo que se siente cuando creces sin tu padre. Quiero que mi hijo tenga una infancia mejor de la que yo tuve. Quiero que tenga un hogar –respondió, mirándola a los ojos–. Cásate conmigo, Scarlett.

Ella se mordió el labio inferior, dubitativa.

–Mi avión está preparado. Volaremos a Las Vegas y...

–¡No! –exclamó Scarlett, sorprendiéndolo con su repentina vehemencia–. La doctora Schauss ha dicho que podría dar a la luz en cualquier momento.

–También ha dicho que es poco probable –le recordó–. Pero, si te vas a sentir mejor, viajaremos con un médico.

–Olvídalo. No me subiré a un avión.

–¿Por qué?

Ella respiró hondo.

–¡Porque no quiero morir!

–¿De qué estás hablando?

–Mi padre murió en un accidente de avión.

–Sí, pero eso no significa que...

–He estado a punto de morir en otro, Vin. El avión que me llevaba a Londres tuvo que hacer un aterrizaje de emergencia en Irlanda –le explicó, visiblemente alterada–. Lo pasé muy mal. Pensé que mi hijo y yo íbamos a morir. No quiero volver a volar en toda mi vida.

–Es el medio de transporte más seguro. Todos los días despegan y aterrizan cientos de miles de aparatos, sin sufrir ningún tipo de percance –dijo él, intentando tranquilizarla–. Desde un punto de vista estadístico...

–¡Guárdate tus estadísticas! –protestó, al borde de la histeria.

Vin pensó que si la presionaba, solo conseguiría hundir el frágil puente que había tendido entre ellos. Y volvió a cambiar de táctica.

–Además de ser dueño de una línea aérea y de tener aviones privados, también tengo el título de piloto. Si quieres, puedo supervisar personalmente el estado del avión. Te garantizo que no despegaremos si detecto algún problema.

–¡Y yo te garantizo que no me volveré a subir en uno de esos trastos!

Scarlett derramó una lágrima y, súbitamente, Vin se quedó sin ganas de seguir discutiendo. Solo quería tomarla entre sus brazos, así que se acercó, la apretó contra su pecho y le acarició el pelo mientras susurraba palabras cariñosas.

–Esta bien, no iremos en avión –dijo él al cabo de un rato–. No haremos nada que no quieras hacer. Siempre cuidaré de ti, Scarlett. Siempre.

Scarlett alzó la cabeza y lo miró. Estaba preciosa, y tan vulnerable que Vin se supo al borde de la victoria. Había llegado el momento de actuar, de aprovechar la ventaja conseguida. Pero algo se rompió en su interior y, en lugar de dar ese paso, hizo lo que quería hacer desde el momento en que Scarlett entró en la catedral y se detuvo en el pasillo, con su roja y rizada melena cayéndole sobre los hombros.

Llevó las manos a su cara, se inclinó sobre ella y la besó.

Capítulo 5

SCARLETT se llevó una buena sorpresa. Por él y por lo que sintió cuando el beso se volvió hambriento y apasionado. Era como si le perteneciera. Había hecho lo posible por olvidar a Vin; pero ahora, con las caricias de su lengua y el contacto de su pecho contra sus hinchados senos, habría hecho lo posible por no apartarse nunca de él.

Hacía que se sintiera deseada, adorada, incluso amada. Y no se podía resistir. No se quería resistir. Sobre todo, porque el recuerdo de su primera y hasta entonces única noche la había acompañado durante ocho meses y medio, asaltándola todos los días en la oscuridad de su habitación.

–Te deseo tanto... –dijo él en un susurro–. Cásate conmigo, Scarlett. Dime que te casarás conmigo.

–Me casaré.

El rostro de Vin se iluminó.

–¿Lo dices en serio?

Scarlett escudriñó sus oscuros ojos. No había duda de que se quería casar con ella. Lo quería desesperadamente. Y, por otro lado, tampoco había duda de que ella lo deseaba ni de que su hijo merecía un hogar.

Vin había planteado las cosas de tal manera que solo le había dejado una opción. Había renunciado al acuerdo prematrimonial. Había asumido un riesgo nada despreciable. Y, si él era capaz de jugarse su propia fortuna por el bien del bebé, ella no tenía más remedio que poner algo de su parte.

–Sí, por supuesto que lo digo en serio –contestó, otra vez con lágrimas en los ojos–. Y quiero que sepas que no traicionaré nunca tu confianza.

–Lo sé, Scarlett. Me has hecho muy feliz.

–Y tú a mí.

–Casémonos de inmediato –dijo, acariciándole la mejilla–. Las leyes europeas sobre el matrimonio son más garantistas que las de Estados Unidos, pero mi abogado dice que nos podríamos casar con rapidez si vamos a Gibraltar o Dinamarca. Desgraciadamente, es un viaje largo para hacerlo en coche. Y, por si eso fuera poco, tengo que estar en Roma dentro de cinco días.

–¿Y eso?

–Tengo una reunión con el dueño actual de Mediterranean Airlines, una compañía que estoy a punto de adquirir. La fusión con Air Transatlantique fracasó espectacularmente hace unas semanas, cuando interrumpiste mi boda –dijo con una gran sonrisa–, y no voy a permitir que esta fracase.

–Pues casémonos en Roma.

Él dudó un momento y asintió.

–Bueno, supongo que habrá que hacer bastante papeleo; pero, si salimos ahora mismo, podemos llegar esta noche. Creo recordar que tengo una casa por ahí.

Ella soltó una carcajada.

–¿Crees recordar? ¿Es que no estás seguro?

–Llevo veinte años sin pisar mi país. Me crié en Roma, pero no fui precisamente feliz –contestó con amargura.

Scarlett se habría interesado al respecto si Vin le hubiera dado una oportunidad. Pero la tomó de la mano y la llevó rápidamente al aparcamiento, donde estaban sus guardaespaldas.

–Será mejor que nos felicitéis –dijo a sus tres hombres–. Scarlett ha aceptado mi propuesta de matrimonio. Nos casaremos dentro de unos días.

Los tres enormes guardaespaldas se quitaron las gafas de sol y los felicitaron con alegría. Casi parecían humanos cuando Vin se los presentó a Scarlett y ella recibió sus muestras de afecto. Ya no resultaban amenazadores.

–Ahora está bajo vuestra protección –declaró Vin–. Igual que yo.

–No se preocupe por eso, jefe.

–Bienvenida a la familia, señorita Ravenwood –dijo otro, que se volvió a poner las gafas–. La protegeremos en todo momento.

–Gracias –replicó Scarlett, algo desconcertada.

¿Protegerla? ¡Como si necesitara protección! No era ni famosa ni importante. Pero estaba dispuesta a seguirles el juego.

Vin abrió la portezuela del deportivo rojo y esperó a que ella se sentara. Luego, arrancó el motor y puso en marcha el vehículo. Pero, para sorpresa de Scarlett, pasó por delante de la incorporación a la autopista y tomó la dirección contraria, hacia Ginebra.

–¿Adónde vamos? –preguntó.

–Has dicho que te vas a casar conmigo.

–¿Y qué?

–Que necesitarás un anillo de compromiso.

Una hora más tarde, tras salir de una joyería, volvieron al coche y atravesaron los Alpes franceses. El paisaje era increíblemente bello, pero Scarlett no podía apartar los ojos de la piedra que llevaba en la mano izquierda: una esmeralda de diez quilates, engarzada en un anillo de platino.

–No necesitaba que fuera tan grande –dijo por enésima vez.

–Claro que lo necesitabas –replicó él, cambiando de marcha–. Vas a ser mi esposa. Quiero que tengas lo mejor.

El anillo era espectacular, pero ella no estaba del todo contenta. Vin lo había comprado contra su voluntad, imponiendo su criterio, y a ella le entraron dudas. ¿Haría lo mismo con todo lo demás? ¿Querría controlar hasta los aspectos menos importantes de su vida?

Scarlett se dijo que quizá estaba exagerando. A fin de cuentas, solo era un anillo. Y, por muy grande y poco práctico que fuera, no podía negar que le encantaba. Sin embargo, intentó no pensar en el precio, una verdadera fortuna.

Durante el trayecto, Vin preguntó varias veces si quería parar a comer o a estirar las piernas. Scarlett estaba ansiosa por llegar a Roma y descansar un poco, así que rechazó sus ofrecimientos una y otra vez, hasta que el hambre le hizo cambiar de opinión. Para entonces, ya estaban en la Toscana, y el sol se empezaba a poner en el horizonte.

–¿Podemos parar a cenar?

–Por supuesto, *cara*. Hay un restaurante magnífico en Borgierra, cerca de aquí. Es un pueblo que visitaba mucho cuando era joven.

–¿Borgierra? Se parece a tu apellido...

–No es extraño que se parezca, porque lo fundó mi familia hace quinientos años –dijo–. Mi padre sigue viviendo allí.

Scarlett se quedó atónita.

–¿Tu padre?

–Sí, en efecto. ¿Por qué te extraña tanto?

–Porque es la primera vez que lo mencionas –contestó–. Pensaba que había fallecido.

–No, está vivo. Aunque no nos hemos visto desde que me marché de Italia.

–¿Desde hace veinte años?

–Puede que la gente no lo sepa –dijo con irritación–, pero crear una aerolínea y convertirla en una de las más importantes del mundo no es algo que se pueda hacer de la noche a la mañana. No he dejado de trabajar ni un solo día desde que llegué a Nueva York.

–Lo comprendo, pero esa no es la cuestión.

–Entonces, ¿cual es?

–Que no lo has visto en veinte años –insistió–. ¿Por qué? ¿Es que se portó mal contigo? ¿Era violento?

Vin apretó el volante con fuerza.

–No.

Scarlett no entendía nada de nada, pero dijo:

–Me gustaría conocerlo.

–No tenemos tiempo –replicó, implacable.

–Pero tenemos tiempo para parar a cenar.

–Olvídalo.

–De ninguna manera. ¿No eres tú quien afirma que un niño no debe crecer sin su padre y su madre? Y, sin embargo, pretendes que nuestro hijo crezca sin conocer a su abuelo.

Vin se puso tenso.

–Acabas de decir que tu padre es una buena persona; o, por lo menos, que no es mala. Pero vamos a pasar cerca de su casa y, a pesar de que no lo has visto en veinte años, te niegas a hacerle una visita –continuó ella–. Empiezo a pensar que...

–¿Qué?

Scarlett bajó la cabeza y se giró el anillo en el dedo.

–Cuando dijiste que la familia era importante para ti, te creí.

–Hiciste bien en creerme, porque es verdad. Tú eres mi familia ahora. Tú y nuestro hijo.

–Pero, cuanto más grande sea esa familia, mejor. –Scarlett respiró hondo–. Yo no tengo ni hermanos ni primos. Me quedé completamente sola tras la muerte de mis padres. ¿Sabes lo que siente?

Él no dijo nada.

–Además, ¿qué pasaría si a ti o a mí nos pasara algo? Tu padre será el único abuelo que tenga, y quiero que pueda contar con él. ¿Qué ocurre, Vin? ¿Por qué no lo has visto en veinte años?

–Es complicado –respondió, clavando la vista en la carretera–. Mi madre no llegó a vivir con Giuseppe. Prefería estar con hombres más... excitantes, por así decirlo. Pero le divertía lo suficiente como para asegurarse de que siguiera enamorado de ella. Y, sobre todo, adoraba su dinero. Cada vez que Giuseppe me quería ver, le tenía que pagar una pequeña fortuna.

–Oh, Dios mío...

–Al final, pasó lo que tenía que pasar. Mi padre se enamoró de otra mujer y se casó con ella. Se llama Joanne.

–¿Y resultó ser la típica madrastra mala?

–Ni mucho menos. Era muy cariñosa conmigo. Una vez, cuando yo tenía quince años, mi madre se fue con un amigo a Ibiza y yo me quedé en la casa de mi padre. Fueron las mejores vacaciones de mi vida.

No solo por ellos, sino también por María, mi hermanastra –contestó, muy serio–. Cuando llegó el día de marcharse, Giuseppe y Joanne me pidieron que me quedara a vivir allí.

–¿Y te quedaste?

Vin sacudió la cabeza.

–Me habría encantado, pero mi madre se negó.

A Scarlett se le partió el corazón. No era extraño que estuviera decidido a ser un buen padre. Quería que su hijo tuviera lo que él no había tenido.

–Bueno, eso es agua pasada –prosiguió Vin–. Mi madre falleció poco después, y yo me fui a vivir a Nueva York, con uno de mis tíos.

–No lo entiendo. ¿Por qué no te fuiste a vivir con Giuseppe? Nada te lo impedía.

–Ha pasado mucho tiempo desde entonces, Scarlett.

–Pero...

–Déjalo ya –le ordenó.

Scarlett lo miró y supo que no debía insistir, así que olvidó temporalmente el asunto. Por lo menos, en parte.

–Está bien, como quieras. Pero, si vamos a pasar tan cerca de su casa, ¿por qué no me lo puedes presentar? Solo serán diez minutos.

–Tenemos el tiempo justo.

–Por favor...

–Puede que ni siquiera esté en casa.

–Pues, si no está, te prometo que no volveré a mencionar el asunto en todo el viaje.

Vin suspiró, alcanzó el teléfono móvil y llamó a sus guardaespaldas para informarles de que iban a cambiar de ruta.

Ya había oscurecido cuando llegaron a un enorme

portalón de hierro forjado que daba a unos frondosos jardines. Vin se empezó a poner tenso, y su tensión aumentó a medida que avanzaban por el largo y sinuoso camino de tierra, flanqueado de cipreses. Poco después, llegaron a una colina sobre la que se alzaba una preciosa mansión de tres pisos de altura, y se llevaron una sorpresa al ver los coches del amplio vado circular. Había más de cuarenta.

–Parece que están celebrando algo –dijo ella.

–Sí, eso parece.

Vin aparcó junto a la entrada principal y apagó el motor, pero no hizo ademán de salir. Se quedó tan extrañamente inmóvil que Scarlett se sintió en la necesidad de acariciarlo.

–Solo estaremos un par de minutos –dijo él.

–Has dicho que serían diez.

Vin la miró con cara de pocos amigos, y ella decidió no tentar su suerte.

Al llegar a la puerta del edificio, Vin apretó los dientes, llevó la mano a la aldaba y llamó. Tardaron un rato en abrir, pero por fin abrieron. Y Scarlett miró con curiosidad al hombre elegante y canoso que apareció en el umbral.

–*Buona sera* –dijo Vin.

Scarlett no entendió las palabras que pronunció a continuación, también en italiano; pero no hizo falta, porque el hombre lo interrumpió de repente, lo tomó entre sus brazos y se puso a llorar de alegría.

Vin estaba furioso.

No quería ver a su padre. Se sentía manipulado, arrinconado contra una esquina; justo como se había prometido a sí mismo que no se volvería a sentir:

como una especie de marioneta de los demás. Desgraciadamente, no tenía más remedio. Si no lo veían, Scarlett podía cambiar de opinión sobre su matrimonio.

Sin embargo, no esperaba verlo tan pronto. Cuando llamó a la puerta, supuso que abriría algún criado o algún desconocido, porque era obvio que estaban celebrando una fiesta. Y, en lugar de eso, apareció su padre. Era veinte años más viejo, y tenía más canas y más arrugas; pero lo habría reconocido en cualquier circunstancia.

Su padre. O, más bien, el hombre que creía serlo. Un hombre que se hundiría en la desesperación si llegaba a saber lo que Vin sabía desde su adolescencia; concretamente, desde el día en que volvió a casa de su madre, tras haber pasado las vacaciones en casa de Giuseppe, y le dijo que quería vivir con él.

–Giuseppe no es tu padre –replicó Bianca Orsini–. Ya es hora de que lo sepas. Eres hijo de un músico brasileño con el que me acosté una noche, en Río de Janeiro. Pero necesitaba el dinero de Giuseppe, así que mentí.

–¿Cómo has podido hacer eso? –dijo Vin, atónito–. Tiene derecho a saberlo. Si no se lo dices tú, se lo diré yo.

–No se lo vas a decir. ¿Y sabes por qué? Porque te dejaría de querer –declaró–. Además, yo no lo permitiría. No puedo perder mi única fuente de ingresos.

Días después, su madre dejó de necesitar el dinero de Giuseppe. Según el informe de la policía, Bianca distrajo al conductor del coche en el que viajaba y se precipitaron por un acantilado, muriendo los dos al instante.

El día del entierro, Giuseppe hizo lo posible por

animarlo; pero Vin se mantuvo distante, y rechazó su invitación cuando le reiteró el ofrecimiento de vivir en su casa. No se podía arriesgar a que descubriera la verdad. Y, por otra parte, Joanne y él tenían una hija pequeña que merecía todo su amor.

–Siento presentarme de improviso –dijo al hombre que lo abrazaba–. Ni siquiera estaba seguro de que me reconocieras.

–¿Cómo no te voy a reconocer? ¡Eres mi hijo! ¡Vincenzo! ¡Y por fin has vuelto a casa! –exclamó, loco de alegría.

Giuseppe dio un paso atrás y gritó unas palabras en italiano. Segundos más tarde, apareció un grupo de personas entre las que había una mujer joven y otra mayor que sonrieron de oreja a oreja. La primera era Joanne y la segunda, para asombro de Vin, su hermanastra. Habían pasado veinte años desde la última vez que se habían visto, y la pequeña María se había convertido en una jovencita preciosa.

Tras los abrazos y besos de rigor, que incomodaron un poco más a Vin, Giuseppe miró a la pelirroja que esperaba a un par de metros y dijo:

–¿Quién eres tú?

–Te presento a Scarlett, papá. Está embarazada de mí, y nos vamos a casar muy pronto.

Giuseppe se quedó boquiabierto.

–¿Has venido a presentármela?

–Ha insistido mucho.

–En ese caso, ya se ha ganado mi corazón.

Giuseppe saludó a Scarlett con verdadero afecto y, a continuación, la llevó al interior de la mansión. Vin los siguió en compañía de su hermanastra, quien lo tomó del brazo.

–Si no hubiera oído vuestra conversación, habría

pensado que venías por mi fiesta de compromiso –dijo la bella joven de cabello oscuro–. Pero estás aquí de todas formas, y no sabes lo feliz que me hace.

–¿Te vas a casar? No lo puedo creer. La última vez que te vi eras una niña que casi estaba dando sus primeros pasos –replicó–. Me asombra que te acuerdes de mí.

–Mentiría si dijera que me acuerdo, pero no necesito recordarlo. Mi padre tiene una fotografía tuya que he visto muchas veces. De cuando en cuando, te mira y se pone a llorar.

–María...

–Bueno, eso ya no importa. Ahora estás aquí –lo interrumpió–. Ven, te presentaré a mi prometido. Se llama Luca.

María le presentó a un jovencito que parecía recién salido de la universidad, y Vin se volvió a sentir en la necesidad de disculparse.

–Siento haber interrumpido vuestra fiesta. Si hubiera sabido que...

–¡Oh, vamos! ¡Tu presencia es el mejor regalo que nos podrían haber hecho! –dijo su hermanastra–. ¡Mira a papá! Es el hombre más feliz del mundo. Y, por si tu visita no le hubiera dado una alegría suficiente, le has dicho que le vas a hacer abuelo.

Vin se giró hacia Scarlett, que estaba en el bufé con Giuseppe y Joanne, charlando. Evidentemente, no llevaba ropa adecuada para una fiesta; pero era tan sexy que él se excitó al mirarla. Y, justo entonces, Joanne la tomó del brazo y se fue con ella por una de las puertas laterales.

Incómodo con su propia excitación, Vin carraspeó y volvió a mirar a María.

–Espero que Luca y tú seáis muy felices.

Su hermanastra sonrió.

–Y yo espero que tú lo seas con Scarlett. Aunque estoy segura de que lo serás. No te casarías con ella ni tendrías un niño si no estuvieras profundamente enamorado.

Diez minutos más tarde, Scarlett se esta mirando en un espejo de cuerpo entero·.

–Gracias –dijo, verdaderamente encantada con el vestido–. Muchísimas gracias.

–Solo es una antigualla, querida –replicó Joanne, sonriendo–. No me lo pongo desde hace años, aunque te confieso que no me lo pongo porque mi cintura ya no es la que era. Ah... no sabes cuánto me alegro de que vayas a ser madre. Me vas a hacer abuela, lo cual significa que no tendré que presionar a María para que se quede embarazada cuanto antes.

Joanne la había tratado desde el primer momento como si fuera de la familia. Y, cuando Scarlett se lamentó por no llevar nada adecuado para una fiesta, ella se ofreció a prestarle uno de sus vestidos.

–No recuerdo haber visto a Giuseppe tan contento desde hace años. Has unido a nuestra familia y has conseguido que mi marido rejuvenezca –continuó, con lágrimas en los ojos–. Pero será mejor que te busquemos unos zapatos. Creo que María tiene unos de tu talla.

Tras terminar de vestirse, Scarlett se cepilló el cabello, se pintó los labios y regresó al salón principal, nerviosa como la Cenicienta. Nunca habría imaginado que los padres de Vin fueran tan cariñosos. Y se sintió algo culpable cuando, minutos después, Giuseppe le dijo:

–Vuestra visita me ha hecho feliz. Se nota que estáis muy enamorados.

Scarlett se ruborizó. No le podía decir que se había quedado embarazada por accidente ni que su matrimonio no tenía nada que ver con el amor.

–¿Os casaréis pronto?

–Sí, aún no hemos decidido la fecha, pero será en Roma –contestó–. Espero que tengáis ocasión de venir.

Vin apareció entonces y la tomó del brazo.

–*Scusi* –dijo a su padre.

–No faltaba más –declaró Giuseppe con una sonrisa–. Es natural que quieras estar a solas con tu futura esposa.

Vin sacó a Scarlett de la casa y la llevó al jardín donde habían instalado la pista de baile. Estaba tan increíblemente atractivo que ella bajó la vista por miedo a que reconociera el deseo en sus ojos. ¿Qué le estaba pasando? No lo podía controlar. Cada vez que miraba sus fuertes brazos y sus sensuales labios, se estremecía.

–Estás preciosa con ese vestido –dijo él, tomándola entre sus brazos–. ¿Bailamos?

–Si quieres...

Para Scarlett, fue una verdadera tortura. El duro pecho de Vin rozaba constantemente sus senos, que de repente le parecían más pesados. Los pezones se le pusieron duros, ansiando un contacto directo. Hasta el menor de los roces le arrancaba un escalofrío de placer, pero nada era suficiente. Necesitaba que la besara, que la desnudara, que la acariciara y que la penetrara sin dilación.

Casi no podía respirar. Y no se reconocía a sí

misma. ¿Cómo era posible que estuviera tan excitada? ¿Cómo era posible que, estando entre cientos de personas, rodeada de familiares de Vin, no pudiera pensar en otra cosa que hacer el amor con él?

Cuando terminaron de bailar, soltó un suspiro de alivio y dijo:

–Gracias.

Scarlett intentó alejarse, pero él llevó las manos a su talle y bajó la cabeza con la intención evidente de besarla.

–¡Vincenzo!

La voz de Giuseppe, que apareció justo entonces, los dejó helados.

–Hijo mío, hemos pensado que no es lógico que te cases en Roma –declaró–. Nos gustaría que te casaras aquí.

–Nos gustaría mucho –añadió María, a su lado.

–Y tanto –dijo Joanne, quien llegó en ese momento–. Sería un verdadero placer.

Scarlett miró a Vin. Estaba asombrosamente tenso y, aunque no supiera por qué, era obvio que no sentía el menor deseo de casarse en casa de su padre. Pero se mantuvo en silencio, sin decir nada; como esperando a que Scarlett les diera la mala noticia.

–Gracias, pero nos queremos casar tan pronto como podamos –dijo ella.

–Razón de más, querida –intervino Joanne–. ¿Qué sentido tiene que vayáis a Roma? El papeleo os haría perder muchísimo tiempo. Aquí será más rápido, porque Giuseppe es el alcalde de Borgierra.

–En efecto –dijo Giuseppe con orgullo.

–Tramitará la documentación necesaria en un periquete –insistió su esposa–. Además, los dos tenéis la ciudadanía estadounidense, lo cual simplifica las cosas. Las leyes italianas son más tolerantes con los extranjeros.

–¡Oh, vamos! –exclamó María, tomando de la mano a Scarlett–. ¡Os organizaré la boda más bonita que hayáis visto! De hecho, voy a organizar la mía... ¡Casaos aquí, con nosotros! ¡Ahora somos tu familia, Scarlett!

Las cosas se estaban poniendo tan feas que Vin no tuvo más remedio que intervenir:

–Tengo muchos contactos en Roma –dijo–. El papeleo no será un problema.

–Pero os casaríais entre desconocidos –dijo Giuseppe.

–Mira...

–Por favor –susurró Scarlett.

Vin la miró durante unos momentos y, al final, suspiró.

–*Va bene*. Si mi prometida quiere que nos casemos aquí, nos casaremos aquí.

María empezó a aplaudir, pero su hermano la interrumpió.

–No obstante, os advierto que tengo que estar en Roma dentro de cinco días.

–¡Eso no será un problema! –dijo Joanne.

–¡Por supuesto que no! –se sumó Giuseppe.

–¡Estará organizada en tres! –aseguró María.

Por la expresión de Vin, Scarlett supo que tres días le parecían una eternidad. Y, una vez más, se preguntó por qué se sentía tan incómodo. Pero eso no le interesaba tanto como los motivos que le habían llevado a cambiar de opinión. ¿Por qué había dado su brazo a torcer? ¿Se estaba sacrificando por ella?

–Bueno, puede que no sea mala idea –le dijo Vin

en voz baja–. Si nos quedamos, no tendré que conducir toda la noche. Y me podré acostar contigo.

El pulso de Scarlett se aceleró al instante. ¿Tenía intención de seducirla? Estaba embarazada de ocho meses y medio, y su silueta no era precisamente la de una diosa del sexo. Pero no podía negar que lo deseaba con toda su alma.

–Mi prometida está muy cansada –continuó él, dirigiéndose a sus familiares–. Deberíamos retirarnos.

–Claro, es natural que lo esté –dijo Giuseppe–. Seguidme, por favor.

Giuseppe los llevó al segundo piso de la mansión y abrió las puertas de una enorme y lujosa suite.

–Solo hay una cama –dijo Scarlett, consternada.

–Oh, no hay razón por la que no podáis dormir juntos. Te vas a casar con mi hijo, y estás embarazada de él –declaró Giuseppe con humor–. Además, no somos tan conservadores como puedas creer ni tan estúpidos como para pensar que dos enamorados no encontrarían la forma de compartir lecho. Solo queremos que estéis cómodos.

–Te lo agradezco mucho, pero no podemos...

–Si estás preocupada por los invitados, olvídalo. La casa tiene habitaciones de sobra, así que nadie se va a quedar sin cama por vuestra culpa. De hecho, ya nos hemos ocupado de los guardaespaldas de Vincenzo –comentó–. Hasta nos hemos tomado la libertad de subir tu equipaje, como ves... Evidentemente, teníamos la esperanza de que os quedarais.

Giuseppe se despidió de ellos con una sonrisa y cerró la puerta al salir, dejándolos a solas junto a la enorme cama.

–¿Qué hacemos ahora? –preguntó ella, estremecida–. ¿Qué podemos...?

Scarlett no tuvo ocasión de terminar la frase. Ni siquiera tuvo ocasión de pensarla.

Vin dio un paso adelante, la tomó entre sus brazos y asaltó su boca con un beso feroz. Un beso que merecía una respuesta igualmente apasionada.

Capítulo 6

VIN SE sentía emocionalmente perdido, y tenía motivos para ello. No en vano, acababa de abrir una puerta que llevaba cerrada veinte años, la correspondiente a su familia. Pero, en ese momento, no tenía más preocupación que besar a Scarlett, y de un modo tan desenfrenado que hasta él mismo se sorprendió.

Si hubiera podido, la habría tomado de inmediato. Era increíblemente sexy, cálida, deseable. Sin embargo, se recordó que estaba embarazada y que debía ser caballeroso. No la podía penetrar como hubiera deseado, salvajemente. Scarlett tendría que ponerse encima, para marcar ella el ritmo.

Además, su instinto le decía que estaba nerviosa y asustada por lo que podría despertar una noche de sexo. Y era lógico que lo estuviera, teniendo en cuenta que él no se iba a detener hasta que conquistara su corazón.

La paciencia era clave. La seduciría lentamente. Conseguiría que fuera ella quien los llevara a la cama, se desnudara, se pusiera encima y se empezara a mover una y otra vez, volviéndolos locos de deseo. Pero, por desgracia, la paciencia no era el punto fuerte de Vin. Y, como sabía que estaba a punto de perder el control, cambió de estrategia.

–Ha sido un día muy largo, *cara*. Necesitas relajarte –dijo en voz baja–. Si quieres, puedo llenar la bañera que he visto en el servicio.

–¿La bañera? –preguntó, desconcertada.

–Sí, para que te des un largo y sensual baño –contestó, sonriendo.

–Ahora que lo dices, me encantaría. Siempre que no te importe, claro.

–Por supuesto que no.

Vin entró en el servicio y abrió los grifos de agua. Después, alcanzó las rosas de un florero y esparció unos cuantos pétalos. Pero no le parecía suficientemente romántico, así que abrió el armario y sacó unas sales de baño y unas velas que estaban en el cajoncito inferior.

–¿Puedo entrar? –preguntó ella.

–Todavía no.

Vin echó sales en el agua, añadió más pétalos y, tras poner las velas alrededor de la bañera, las encendió y apagó la luz.

–Ya puedes –dijo.

Scarlett se quedó boquiabierta al ver el panorama.

–El baño para ti, *cara*. Te dejaré a solas para que disfrutes de él.

Vin salió del servicio y entró en el vestidor, donde ya habían colocado toda su ropa. Momentos después, oyó que Scarlett se metía en el agua y, a pesar de sus buenas intenciones, fue incapaz de resistirse a la tentación de entrar. La bañera estaba llena de espuma, así que solo vio la parte superior de sus senos y la punta de su prominente estómago. Pero eso no impidió que se volviera loco de deseo.

Rápidamente, se quitó la camisa. Sus intenciones estaban bastante claras, y desconcertaron un poco más a Scarlett, quien no podía apartar la vista del escultural cuerpo de Vin, endurecido por horas y horas de boxeo y artes marciales.

–¿Qué vas a hacer? ¿Qué pretendes?

–Solo quiero que te sientas bien.

–Ya me siento bien. Me has preparado un baño.

–Pero puedo hacer que te sientas mejor. Si me lo permites.

Ella carraspeó y dijo:

–¿Qué se te ha ocurrido?

–Ahora lo verás.

Vin llevó las manos a sus hombros y empezó a frotar, aunque lo que realmente le apetecía era acariciarle los senos. Al principio, su contacto fue suave y delicado; pero, poco a poco, aumentó la presión. En determinado momento, Scarlett cerró los ojos y soltó un suspiro de placer, lo cual lo animó a ir más lejos.

Además, la espuma había desaparecido en su mayor parte, y podía ver las curvas de su exquisito cuerpo debajo del agua. Era una tentación excesiva, incluso para él. Al fin y al cabo, no dejaba de ser un hombre heterosexual. Y, sin poder evitarlo, se inclinó sobre ella, llevó los labios a su cuello y lo besó.

Scarlett abrió los ojos al sentir el contacto. El agua se había enfriado un poco y, para empeorar las cosas, había perdido el camuflaje de la espuma. Sus pechos eran ahora tan perfectamente visibles como sus duros pezones.

–Mírame, Scarlett –dijo él con voz ronca.

Ella no tuvo más remedio que obedecer. Echó la cabeza hacia atrás y admiró su rostro, su pecho, su estómago y la línea de vello que desaparecía bajo los pantalones.

–Te deseo –continuó Vin.

Scarlett pensó que era físicamente perfecto.

–¿Incluso en mi estado? Estoy muy... grande.

–Sí, lo estás –dijo, cerrando la mano sobre uno de sus enormes senos–. Y te deseo más de lo que haya deseado nunca a ninguna mujer.

–Oh, Vin...

Se besaron durante varios minutos. Y luego, súbitamente, él metió los brazos en el agua, la levantó como si no pesara más que una pluma y la dejó de pie, a su lado.

Scarlett no sabía qué pensar. ¿Cómo era posible que la deseara? ¿Cómo era posible que un hombre deseara a una mujer embarazada de ocho meses y medio? Sobre todo, tratándose de Vincenzo Borgia, es decir, de un personaje tan rico y poderoso que podía estar con la mujer que quisiera.

Pero, por mucho que se desearan, era evidente que no estaba enamorado de ella. Y Scarlett tenía miedo de dejarse arrastrar y de terminar con el corazón roto.

–No estoy precisamente como las supermodelos con las que sales de forma habitual.

–No, no lo estás. En ti no hay nada de habitual. Eres especial, Scarlett. Eres la mujer más bella, inteligente y cariñosa que he conocido –afirmó, tomándola entre sus brazos–. Pero no me quiero acostar contigo por eso.

–¿Ah, no?

Vin sacudió la cabeza y le pasó un dedo entre los pechos.

–No. Mi necesidad es mucho más primaria. Es como si te llevara en la sangre. Te siento mía, y estoy decidido a que seas mía.

La afirmación de Vin la llevó al borde del pánico.

¿Ser suya? No, no podía serlo. No debía. No en esas circunstancias.

Desesperada, alcanzó una toalla, corrió a la habitación y se puso lo primero que encontró en el vestidor: una camiseta grande y unas braguitas. Cuando volvió al dormitorio, pensó que Vin la estaría esperando, pero seguía en el servicio.

¿Qué podía hacer? Solo había una cama. No tenía más opciones que dormir con él o pedirle que durmiera en el sofá. Lamentablemente, estaba segura de que Vincenzo Borgia no sería tan caballeroso.

Sin perder más tiempo, se acostó y se tapó con la sábana hasta el cuello. Vin apareció momentos después y se sentó a su lado para quitarse los pantalones. Pero Scarlett fue incapaz de decirle que durmiera en otro sitio. Se había quedado sin voz. Solo quería girarse hacia él y apretarse contra su cuerpo.

Cuando terminó de desnudarse, Vin le acarició el cabello y, a continuación, los pechos. Scarlett estaba completamente fuera de sí. Ya había experimentado el deseo, pero aquello era mucho más potente de lo normal. Las hormonas de su embarazo habían convertido su necesidad sexual en algo asombrosamente urgente, salvaje, incontrolable.

–Bésame –le dijo en un susurro.

Él la besó durante varios minutos, con ella aferrada a sus hombros como si su vida dependiera de ello. Luego, Vin le quitó la camiseta, acarició otra vez sus senos y descendió hacia la minúscula prenda de tela que protegía su sexo, aunque no la protegió por mucho tiempo. Rápidamente, la dejó desnuda y la empezó a lamer.

Scarlett soltó un grito de satisfacción. Era una sensación abrumadora; tan abrumadora que intentó apartar las caderas, pero él se lo impidió y siguió lamiendo una y otra vez, haciendo que se estremeciera y gimiera de placer hasta que, al cabo de un rato, llegó al clímax.

Solo entonces, Vin se tumbó boca arriba y la puso a horcajadas sobre su cuerpo. Instintivamente, Scarlett descendió hasta que su enorme sexo estuvo dentro de ella. Él alzó entonces la cabeza y le succionó los pezones con ansiedad, arrancándole otro gemido y empujándola a moverse sin más dilación.

Sus movimientos, lentos al principio, se volvieron más rápidos. Ahora cabalgaba sobre él con desesperación, provocando que sus senos oscilaran con cada acometida. Su tensión iba en aumento, y era mucho más intensa que la vez anterior.

Al cabo de unos momentos, notó que él estaba al borde del orgasmo y que intentaba refrenarse. Pero no se lo permitió. Aumentó el ritmo y siguió adelante hasta obtener lo que buscaba, una rendición incondicional. Y, cuando Vin alcanzó el orgasmo, ella se dejó arrastrar por una explosión de placer tan salvaje que, segundos después, se quedó dormida.

Capítulo 7

VIN TARDÓ un momento en recordar lo sucedido. Se acababa de despertar, pero fue plenamente consciente de todo cuando Scarlett se movió a su lado, cálida y suave.

La había excitado deliberadamente, para que se volviera loca de deseo e hiciera el amor con él. Pero ella no era la única persona que había perdido el control. Y al pensar en ello, se preguntó si se podía enamorar de Scarlett.

No, se dijo. De ninguna manera. Era un simple asunto de placer sexual, y no podía ni debía ser otra cosa. Sus dudas se debían al lugar donde estaba: Italia, la casa de su padre, una casa que le recordaba su antigua forma de ser, cuando era un joven que solo quería un hogar y alguien que lo quisiera.

Por suerte, había cambiado. Se había endurecido. Se había vuelto más listo. Y ahora sabía que su hogar podía estar en cualquier parte, empezando por cualquiera de las casas que tenía en propiedad. Ni siquiera recordaba la cifra exacta. Las compraba como inversión, pero también por conveniencia, y todas tenían el mismo aire espartano y moderno y la misma ausencia de elementos personales.

En cierta manera, se podía decir que sus casas coincidían con su concepto de las relaciones amorosas. Para él, el amor era algo sí como una decoración chabacana, algo tan inapropiado como unos volantes de color rosa o el chintz victoriano.

Súbitamente, tuvo una sensación parecida al vértigo. Como si volviera a ser el chico vulnerable y cariñoso que había sido, un chico que anhelaba cosas que no tenían nada que ver con el dinero. Y una vez más, se dijo que era culpa de aquel lugar. Pero cambió de opinión cuando volvió a mirar a Scarlett.

¿A quién estaba mintiendo? No era el lugar. Era ella. Y no se podía permitir el lujo de perder la cabeza. Tenía que mantener el aplomo y atenerse al plan trazado. Solo se trataba de casarse y de enamorarla para que firmara el acuerdo. Nada más y nada menos.

Pero ya no estaba seguro de poder atenerse a ese plan.

Los Borgia estaban equivocados. Aunque Giuseppe fuera alcalde de la localidad, las bodas implicaban formalidades que no se podían evitar por muchos contactos políticos que se tuvieran. Y, en lugar de casarse al tercer día, tuvieron que esperar al cuarto.

Cuatro días.

Cuatro días de estar constantemente con la preciosa, intuitiva e inteligente Scarlett y con un grupo de personas maravillosas que se creían familiares suyos. Cuatro días de escuchar las explicaciones de María sobre la maravillosa boda que les estaba organizando. Cuatro días de dar largos paseos al sol de la Toscana y de degustar comidas exquisitas.

Una tarde, se puso a llover. Vin y Scarlett se quedaron en la casa y, de repente, ella dejó el libro que estaba leyendo y se ofreció a enseñarle el arte de robar carteras. Por supuesto, él agradeció la lección y, a cambio, se ofreció a enseñarle a pelear.

–No hace falta. Mi padre me enseñó cuando era pequeña –dijo–. De hecho, practiqué mi directo en la cara de Blaise.

–Conociéndote, no me extraña en absoluto. Pero te enseñaré a zafarte de alguien que te agarre por detrás. Sospecho que tu padre no te lo enseñó.

Vin sonrió al recordar aquellas lecciones, que siempre terminaban en la cama. No estaba acostumbrado a vivir así. Trabajaba dieciocho horas al día, y eso es lo que habría estado haciendo en otras circunstancias. Pero, en lugar preparar la compra de Mediterranean, había llamado a su ayudante para que viajara a Roma y se encargara del asunto, quedándose él sin más compromiso que el encuentro con Salvatore Calabrese, su contraparte.

Sin embargo, se dijo que tampoco tenía importancia. Hasta él merecía unas vacaciones, si es que lo eran. A fin de cuentas, se suponía que no estaba allí por diversión, sino para conseguir que Scarlett se enamorara de él y firmara el acuerdo posmatrimonial.

Esa era la idea, aunque ya no estaba tan seguro de lo que quería.

Tras cuatro noches de explorar su cuerpo y hacer el amor en todas las posiciones posibles o, al menos, en todas las posiciones posibles para una embarazada de ocho meses, su corazón se había empezado a rebelar. Además, se llevaban muy bien. Tenían muchas cosas en común, y solo habían discutido una vez, por un asunto menor: él quería que el niño se llamara John o Michael, y ella quería que se llamara Giuseppe.

Fuera como fuera, su plan había sido un éxito. Scarlett se estaba enamorando de él. Y Vin llegó a pensar que se habría enamorado de él en cualquier caso, como la mayoría de las mujeres que se cruzaban en su camino. No era arrogancia, sino la simple y pura constatación de un hecho. Era tan rico, sexy y poderoso que se enamoraban de él sistemáticamente, con una rapidez desconcertante.

Pero Scarlett era distinta.

Para empezar, no buscaba su fortuna. De hecho, desconfiaba de su dinero porque sabía que él lo podía usar como instrumento de manipulación. Y eso demostraba otra cosa: que era una mujer muy inteligente, lo cual aumentaba su atractivo.

Ahora bien, conseguir el amor de Scarlett no era tan fácil como llevarla a la cama. Implicaba abrir su corazón y compartir sus sentimientos con ella.

Aún se estremecía al recordar la conversación que habían mantenido la noche anterior, mientras paseaban entre los cipreses del jardín. Súbitamente, Scarlett se giró hacia la mansión y preguntó sin más:

–¿Por qué te fuiste a Nueva York cuando falleció tu madre? Solo tenías quince años. ¿Por qué no viniste aquí?

Vin se puso tenso. Si hubiera podido, habría hecho algún tipo de comentario sarcástico o le habría dicho que no era asunto suyo. Pero no podía ser tan insensible. Además, Scarlett se habría dado cuenta de que le estaba ocultando algo importante. Y, como tampoco podía decir la verdad, optó por contar la parte menos problemática, aunque no fuera el motivo real.

–Yo soñaba con tener mi propia empresa, y pensé que mi tío me podría ayudar. Iacopo Orsini era un abogado importante, que trabajaba para grandes compañías –dijo–. De hecho, me ayudó mucho.

Vin prefirió no añadir que Iacopo había hecho algo

más que ayudarlo a fundar su primera compañía: le había demostrado que se podía trabajar día y noche, sin cosas tan irrelevantes como los amigos, la familia y el amor.

–Ah –dijo ella, cuyos ojos se apagaron un poco–. Supongo que tiene su lógica.

–A mí me sirve –replicó, sintiéndose en la necesidad de justificarse–. Mi empresa me da sensación de control. Puedo ir a cualquier parte, hacer cualquier cosa y ser quien me apetezca ser.

–¿Ese es tu concepto de la libertad?

–Sí.

–Pues el mío no se parece demasiado. No entiendo la libertad sin amor. Necesito un hogar, una familia, gente que me quiera.

Sus miradas se encontraron a la luz de la luna y, durante unos segundos, Vin estuvo a punto de decirle la verdad. Pero era un riesgo que no estaba dispuesto a asumir.

–Ven –dijo bruscamente–. Volvamos.

Al día siguiente, Vin se seguía sintiendo vulnerable, expuesto, débil. Y no le gustaba nada. No quería pasar otra vez por eso.

Scarlett tenía que firmar el acuerdo cuanto antes. Era la única forma de recuperar el control.

Pero lo primero era lo primero.

Había llegado el día de su boda.

Vin miró a su novia mientras Giuseppe, que ejercía de alcalde de Borgierra, pronunciaba las palabras que los convertirían en marido y mujer. Detrás, estaban Joanne, María y varios amigos y familiares de los Borgia; pero Vin no les prestó atención: solo tenía ojos para la bella criatura de ojos verdes que parecían brillar bajo el sol.

Scarlett llevaba un sencillo vestido de color crema que habían comprado en Milán y ajustado posteriormente. Se había dejado el pelo suelto, aunque con un tocado de redecilla, y no llevaba más adornos que los pendientes que él le había regalado. María quería que llevara un ramo de azucenas, pero ella se negó con el argumento de que olían mal y de que, además, costaban una fortuna.

Vin sonrió para sus adentros al recordar la anécdota. Tenía gracia que Scarlett se preocupara por el precio de unas simples flores cuando sus pendientes y su anillo valían cientos de miles de euros.

En lugar de azucenas, había optado por unas otoñales flores de campo. Y él estaba encantado con la elección, porque se parecían a ella. El escaramujo tenía el color de su pelo, el color de la pasión; pero el rosal silvestre, la planta de la que era fruto, también tenía un elemento muy propio de su carácter: espinas.

–Puedes besar a la novia –dijo Giuseppe.

Scarlett lo miró a los ojos, y él se sintió borracho de felicidad. Pero la felicidad se le atragantó cuando cayó en la cuenta de lo que había pasado la última vez que había sido verdaderamente feliz.

No lo podía olvidar. Estaba en el mismo sitio, en la misma casa. Giuseppe y Joanne le pidieron que se quedara a vivir con ellos. Y una semana después, lo había perdido todo.

–Puedes besarla, hijo –repitió Giuseppe, sonriendo.

Vin bajó la cabeza y besó a su flamante esposa sin saber qué pensar. ¿Qué era ese matrimonio? ¿Una bendición? ¿Una maldición?

La gente empezó a aplaudir, y él se quedó sin aliento al ver los rostros de Giuseppe, Joanne, María y, sobre todo, Scarlett. Tenía la sensación de que no merecía su cariño, y de que se lo habrían retirado si hubieran sabido la verdad.

Vin, que llevaba esmoquin, se aflojó la pajarita negra. El amor de aquellas personas era tan abrumador que le daba miedo.

Capítulo 8

SCARLETT era feliz. Desde su llegada a la mansión, cada minuto parecía un sueño. Los paseos por el campo, las noches deliciosamente apasionadas, las conversaciones con Vin y los momentos de silencio, cuando se tomaban de la mano y caminaban sin más. Todo era maravilloso. Y se sentía tan sexy como eufórica.

Vin hacía que se sintiera libre. Daba la impresión de que la quería y de que la había aceptado tal como era. Y ella, que ya lo admiraba y respetaba, había empezado a quererlo. Incluso había empezado a enamorarse de él.

Pero el sueño se quebró momentos después de que la besara. Durante unos segundos, Scarlett llegó a creer que se podían amar el uno al otro; y luego, de repente, todo cambió. La expresión de Vincenzo se volvió dura. El afecto desapareció de sus ojos. Le soltó la mano como si le quemara, y se soltó la pajarita como si el hecho de haberse casado con ella lo agobiara terriblemente.

¿Qué había pasado?

Scarlett no lo entendía. Se sentó a su lado durante la comida posterior, que celebraron en el elegante salón principal. Intentó convencerse de que había interpretado mal su semblante, y se dijo a sí misma que se estaba preocupando sin motivo. Pero estaba confundida, herida, desconcertada.

A pesar de ello, hizo un esfuerzo e intentó fingirse contenta. La hermanastra de Vin había hecho un gran trabajo. El gigantesco salón estaba lleno de flores, y el ambiente humano era tan cálido que el fuego de la chimenea parecía fuera de lugar, porque octubre habría sido incapaz de alcanzarlos con su frío.

Mientras comían, se giró hacia su esposo y sonrió con timidez. Él le dedicó una mirada dura que le hizo sentirse avergonzada. Y quizá por eso, por la tensión que había entre ellos, notó un dolor extraño en el estómago y la parte baja de la espalda.

Sería mejor que se relajara un poco. Fuera cual fuera el motivo de la actitud de Vin, faltaban varias horas para que se despidieran de sus invitados y viajaran a la capital italiana. Su marido quería estar allí esa misma noche. Había reservado una suite en el mejor hotel de Roma, y se había encargado de que su nueva doctora la recibiera a la mañana siguiente, mientras el firmaba el acuerdo de Mediterranean Airlines.

Al saber lo de la suite, ella lo había intentado convencer de que anulara la reserva y la llevara a la casa donde él se había criado, pero él se negó con el argumento de que estaba en malas condiciones.

–Es un desastre –dijo.

Ahora, sentada ante una ensalada y un plato de pasta, Scarlett suspiró. Vin seguía sumido en su inquietante silencio, de modo que se dedicó a hablar con Giuseppe, Joanne, María y Luca. De vez en cuando, alguno de sus amigos o vecinos se levantaba y proponía un brindis por los recién casados. Hablaban en italiano, y ella no entendía gran cosa; pero le parecían absolutamente encantadores.

Además, sus suegros eran maravillosos. Bromeaban, la abrazaban y no dejaban de repetir que estaban a su disposición para lo que quisiera. Era como volver a tener una familia. Y lamentó tener que separarse de ellos.

Súbitamente deprimida, Scarlett intentó encontrar consuelo en el hecho de que Roma solo estaba a tres horas de distancia. Incluso cabía la posibilidad de que le pareciera más fascinante que la mansión de los Borgia. No en vano, su hijo iba a nacer allí. Su primer hogar iba a estar allí. Su nueva vida empezaba allí.

Cuando terminaron de comer, Giuseppe se levantó, brindó por la flamante pareja y pronunció un breve y emocionante discurso de agradecimiento a su hijo, por haber vuelto a su casa tras muchos años de ausencia. Scarlett aún se estaba secando las lágrimas cuando Vin se inclinó hacia ella y le susurró al oído:

–Nos tenemos que ir.

–¿Irnos? –Scarlett parpadeó–. Dijiste que nos podíamos quedar todo el día...

–He cambiado de opinión. Quiero estar en Roma antes de que oscurezca –dijo, dejando la servilleta junto al plato–. Tengo mucho trabajo que hacer, y ya hemos perdido demasiado tiempo.

Ella respiró hondo. ¿Una pérdida de tiempo? Para ella, habían sido los mejores días de su vida. Pero intentó no tomárselo como un insulto.

–Está bien, lo comprendo. Aunque no nos podemos ir de inmediato. Tenemos que despedirnos de la gente.

–Tienes dos minutos.

Vin se alejó hacia la mesa donde estaban sus guardaespaldas, quienes se dedicaban a coquetear con dos chicas de la zona. Scarlett lo miró, profundamente dolida. Y justo entonces, notó un pinchazo tan fuerte que se tuvo que levantar.

–¿Qué ocurre? –preguntó Giuseppe.

–Que nos tenemos que ir –contestó–. Vin está ansioso por llegar a Roma. Como sabes, tiene que firmar un acuerdo por la mañana.

–Es una lástima. ¿No os podéis quedar hasta la noche?

Vin reapareció de repente y estrechó la mano de Giuseppe.

–Gracias por todo –dijo con frialdad–. Ha sido una ceremonia muy bonita.

–De nada –replicó Giuseppe mientras Vin se despedía de Joanne.

–¡No te puedes ir! –protestó María–. ¡Ni siquiera habéis cortado la tarta! Además, he planeado actividades para el resto del día. Habrá un baile y un...

–Lo siento –la interrumpió–. Te lo dije cuando llegamos. Te dije que tengo una cita importante en Roma.

María suspiró.

–Bueno, si no hay más remedio...

Scarlett no entendía nada. ¿Por qué se tenían que ir tan pronto, en mitad de la celebración? Era tan absurdo como grosero por su parte. Pero, a pesar de ello, se mordió la lengua.

–Nos veremos pronto, hermano –continuó María–. La familia de Luca vive en Roma, y está haciendo lo posible para convencerme de que nos casemos allí.

–¿Ah, sí? –dijo con desinterés.

–Sí, aunque sospecho que nos veremos antes –replicó, girándose hacia Scarlett–. Avísanos cuando nazca el niño.

–Por supuesto –dijo con calidez, en un intento de

equilibrar la frialdad de su marido–. Habéis sido muy buenos con nosotros. Nunca lo olvidaremos.

–No es bondad –intervino Giuseppe, dándole una palmadita en el hombro–. Es familia.

Scarlett tragó saliva y parpadeó, emocionada.

–Sois tan maravillosos...

–*Ciao* –dio Vin.

Segundos después, salieron de la mansión y entraron el deportivo mientras los guardaespaldas metían sus pertenencias en el maletero de la furgoneta.

–Eso ha sido de muy mala educación, Vin –protestó ella.

–¿Y qué querías? ¿Que nos quedáramos a vivir? Te dije que solo estaríamos diez minutos, y han sido casi cinco días.

En ese momento, Scarlett se dio cuenta de que la familia de Vin había salido a despedirlos y, naturalmente, quiso que esperara un poco. Pero no le hizo caso. Arrancó y aceleró de tal manera que las ruedas chirriaron en el asfalto.

–¿Se puede saber qué te pasa? ¿Por qué te comportas así?

–No me comporto de ninguna manera. Nos hemos casado y les he dado las gracias. Es hora de irse.

–¡Es una grosería! ¡Después de todo lo que han hecho por nosotros...!

–Pues mándales una postal –ironizó.

Scarlett estaba verdaderamente enfadada. Se cruzó de brazos y guardó silencio durante un buen rato, hasta que Vin volvió a dirigirse a ella. Para entonces, ya estaban en la autopista que llevaba a Roma.

–Deja de hacer pucheros –dijo.

–No son pucheros, sino enfado de verdad.

–Entonces, deja de estar enfadada. No he querido

decírtelo hasta ahora, pero te he comprado un regalo de bodas.

Scarlett ni siquiera lo miró.

–No es un regalo que se pueda envolver –prosiguió su esposo–. Es algo que he hecho.

–¿Algo que has hecho? –preguntó al fin.

Vin asintió.

–Sí. Algo directamente relacionado con Blaise Falkner.

Scarlett frunció el ceño.

–No te entiendo...

–He arruinado a ese hombre –dijo con una sonrisa–. No te volverá a amenazar en toda su vida. No volverá a amenazar a nadie.

–¿Qué significa eso?

–Que lo he dejado sin un céntimo. Me he asegurado de que caiga en desgracia y de que lo abandonen hasta sus amigos –contestó–. Ya no tiene ni un lugar donde vivir. Y lo he hecho por ti, *cara*.

–¿Por mí? ¡Yo no te he pedido que lo destruyas!

–No, pero siempre protejo lo que es mío.

Ella se estremeció. ¿En qué siglo vivía Vincenzo Borgia? Se creía con derecho a hacer lo que quisiera y a quien quisiera.

Al cabo de unos instantes, Scarlett sintió una contracción bastante dolorosa. Cada vez eran más frecuentes, pero se dijo que no era un síntoma de parto, sino una consecuencia perfectamente lógica del estrés.

–¿Y se puede saber qué has hecho?

–Falkner no era tan rico como la gente creía. La herencia que recibió no llegaba a cubrir la mitad de su deuda y, para empeorar las cosas, se ha gastado miles y miles de dólares en fiestas y mujeres –respondió–.

Me he limitado a asegurarme de que no le den más créditos y de que la gente conozca su verdadera situación financiera.

–¿Has usado tu influencia con los bancos?

–Digamos que soy un buen cliente...

–Y supongo que también has hablado con algún periodista, claro.

–Siempre he creído en la libertad de prensa.

–Pero, ¿cómo has conseguido que sus amigos lo abandonen?

–Oh, eso ha sido lo más fácil. La mitad solo estaba con él porque firmaba las facturas y la otra mitad, porque les debía dinero. En cuanto han sabido que está sin blanca, se han puesto en su contra.

Scarlett no olvidaba que Blaise Falkner la había extorsionado y había intentado que entregara a su hijo en adopción. Pero, a pesar de ello, no le pareció bien.

–La venganza es un acto indigno –dijo en voz baja.

–¿Te has enfadado conmigo? –preguntó él, sorprendido–. Se lo merece. Merece eso y más.

La expresión de Vin asustó a Scarlett. No se parecía al hombre encantador que había llegado a conocer en la Toscana, sino al millonario despiadado de Nueva York.

–Habría estado mejor que lo dejaras en paz –comentó.

–¿Dejarlo en paz? Tengo derecho a proteger a mi familia.

–¡Tu familia no corría ningún peligro! ¡Estamos a miles de kilómetros! –exclamó en plena contracción–. Ha sido un simple acto de venganza.

–¿Y qué querías que hiciera? ¿Que le comprara un juguete y unos pasteles y le diera las gracias por haber amenazado a mi mujer y a mi hijo? ¿Eso es lo que querías?

–Yo...

Scarlett respiró hondo. Ya no lo soportaba más. Las contracciones se estaban acelerando, y los pinchazos eran más intensos.

Justo entonces, sintió algo húmedo entre las piernas.

–Oh, Dios mío. Creo que estoy de parto.

–¿Cómo?

–Acabo de romper aguas.

Vin la miró con horror y cambió de actitud radicalmente.

–No te preocupes –dijo, metiendo otra marcha–. Te llevaré al hospital.

El Ferrari salió disparado por la autopista. Scarlett había llegado a pensar que no podía ir más deprisa, pero se equivocaba. Era como si viajaran en un cohete.

Curiosamente, la velocidad del coche hizo que su miedo desapareciera; la velocidad y el gesto de su marido, a quien comprendió por primera vez: el fuerte y capaz Vin no permitiría que ella y su hijo sufrieran ningún mal. Los protegería en cualquier circunstancia, costara lo que costara, por encima de su propia vida.

–Hemos perdido a tus guardaespaldas –dijo ella, con una mano en el cinturón de seguridad y la otra, en el estómago.

–Ya nos alcanzarán.

Scarlett soltó un grito de dolor, y Vin se puso un poco más tenso cuando echó un vistazo al retrovisor. Al parecer, los seguía toda la policía de Italia.

–Maldita sea...

Rápidamente, redujo la velocidad, se detuvo en el arcén y bajó la ventanilla de su lado. Uno de los agentes se acercó y se dirigió a él con brusquedad, pero Vin lo interrumpió y señaló a Scarlett.

Cuando vio lo que pasaba, el policía se quedó boquiabierto. Y cinco minutos después, viajaban tan deprisa como antes, pero con una diferencia: que, esta vez, les abría camino un coche patrulla.

Vin estaba de pie en una de las habitaciones del hospital. Ya había amanecido, y tenía a su hijo en brazos.

–Te cuidaré siempre –susurró al bebé, envuelto en una mantita–. Estaré siempre contigo.

Su esposa se había quedado dormida tras el parto, que había sido más difícil de la cuenta. El proceso estaba tan avanzado cuando llegaron que no le pudieron poner la epidural, y tuvo que dar a luz sin más ayuda que la presencia del médico, las enfermeras y el propio Vin. Cada vez que sufría una contracción, ella le apretaba la mano. Vin estaba muerto de miedo, pero lo disimuló y se dedicó a animarla mientras repetía:

–Respira, respira...

Al verla ahora, pensó que era una mujer increíblemente fuerte. Y con un tipo de valentía que él no había visto hasta entonces.

–Hola, pequeño –dijo a su hijo–. Soy tu papá, ¿sabes?

El bebé no le hizo caso. Siguió tranquilamente dormido.

Vin se acercó a la ventana y contempló el paisaje de la hermosa y soleada mañana de octubre. La noche había sido tan larga que estaba agotado, así que se sentó en un sillón y observó a su hijo con asombro, intentando no hacer movimientos bruscos que lo pudieran despertar. Él no iba a tener una infancia como la suya. No iría de niñera en niñera, despreciado por su propia madre. No estaría solo.

Con excepción de las pocas veces que su abuelo se quedaba con él, la niñez de Vin había sido una historia de abandono. No había nadie que lo consolara si oía un ruido extraño en la oscuridad. Nadie le decía que no había monstruos debajo de la cama. Y, en consecuencia, aprendió que la única forma de sobrevivir era ser más terrible que ningún monstruo y fingir que no tenía miedo.

Pero, si en ese momento hubiera dicho que no lo tenía, habría mentido. Acababa de ser padre, y le horrorizaba la idea de que su hijo sufriera algún daño.

Vin respiró hondo y se repitió por enésima vez que él no sería como su madre. Su hijo sería su prioridad absoluta, su única obligación. Lo protegería contra todo y contra todos, hasta el último día de su vida.

–¿Vin?

Él se giró al oír la voz de Scarlett y la tomó de la mano.

–Mira a tu hijo. Es el bebé más guapo del mundo.

–¿No crees que exageras un poco? –preguntó con humor.

Vin sacudió la cabeza.

–En absoluto. Cualquiera lo podría ver –dijo–. Va a ser todo un luchador.

–Como su padre.

El comentario de Scarlett no sonó a crítica, sino a halago. Y a él le gustó tanto que se inclinó sobre la cama y la besó con dulzura.

–¿Qué ha pasado con tu reunión? –preguntó ella.

–¿Mi reunión?

–Sí, la de Mediterranean Airlines.

Vin se quedó boquiabierto. La había olvidado por completo, a pesar de que la tenía marcada en rojo en el calendario de su memoria.

Miró el reloj y vio que eran las nueve menos cuarto. Nada especialmente grave, teniendo en cuenta que la reunión empezaba a las nueve y que estaba en un hospital del norte de Roma, a no demasiada distancia. Pero, cuando Scarlett dijo que aún podía llegar a tiempo, él respondió con voz tajante:

–No.

–¿Estás seguro? Sé que esa reunión significa mucho para ti. Deberías ir.

A Vin le emocionó que dijera eso. Acababa de dar a luz en un hospital de una ciudad que no conocía, y estaba tan agotada como sola. En esas circunstancias, habría sido lógico que quisiera tenerlo a su lado; pero, en lugar de pedirle que se quedara, lo animaba a irse. Y, por primera vez en mucho tiempo, Vin supo que había cosas más importantes que su empresa, el dinero y hasta el poder.

No la podía dejar allí. Su sitio no estaba en una sala de juntas de la capital italiana, sino en la habitación de un hospital, cuidando de dos personas que dependían de él: Scarlett y su hijo recién nacido.

–No, me quedaré contigo –replicó–. ¿Cómo lo vamos a llamar?

Ella lo miró con alivio y sonrió.

–No sé. Me gustaría un nombre que tenga algún sentido en tu familia –contestó–. Pero, si no quieres que se llame Giuseppe, ¿qué te parece Vincenzo?

–¿Como yo? –dijo, sorprendido–. No, no, nuestro hijo merece un algo mejor. Merece tener un nombre suyo... Mi abuelo por parte materna fue muy bueno conmigo. Falleció cuando yo tenía ocho años, pero no lo he olvidado. Se llamaba Nicolò.

–¿Nicolás?

Vin asintió.

–Sí, Nico. Me gusta cómo suena.

Scarlett y Vin se quedaron en silencio, disfrutando del instante. Él no se había sentido tan feliz en toda su vida, pero su felicidad duró poco. Al cabo de unos minutos, la puerta se abrió y apareció Ernest, su ayudante.

–¿Ha apagado el teléfono, señor? Lo he estado llamando, pero no contestaba.

–Claro que lo he apagado. Obviamente, no quería que me molestaran –comentó–. Pero confío en ti. Sé que sabrás afrontar cualquier problema, sea del carácter que sea.

–Yo no estaría tan seguro. El señor Calabrese se ha ido muy enfadado al ver que usted no llegaba.

Una de las enfermeras entró en ese momento a comprobar el estado de Scarlett y el bebé. Justo entonces, se oyeron gritos en el pasillo, como si estuvieran discutiendo. Ernest salió a ver lo que pasaba, pero la discusión empeoró y Vin decidió unirse a su ayudante.

–¿Qué está pasando aquí? –bramó.

–Ah, *signor* Borgia –dijo el hombre delgado que, por lo visto, había iniciado la discusión–. Vengo de parte del señor Calabrese. Me ha enviado para decirle que se ha llevado una decepción con usted.

–No tenía intención de faltarle al respeto. Como puede ver, no he podido ir a la reunión porque mi esposa acaba de dar a luz.

–Sí, el señor Calabrese está informado, pero cree que su actitud es poco profesional. Ha dicho que es padre de cuatro hijos y que no ha estado presente en el parto de ninguno.

Vin se preguntó cómo era posible que Calabrese se jactara de algo así, pero optó por una salida diplomática.

–Si su jefe quiere que nos reunamos en otra ocasión...

–Me temo que no será posible. Va a entablar negociaciones con unos empresarios japoneses y alemanes que, al parecer, tienen líneas aéreas más grandes y asentadas –replicó–. Me ha ordenado que le diga que disfrute de su familia, porque va a tener tiempo de sobra. El señor Calabrese opina que usted no durará mucho en este negocio y que, más temprano, Sky World Airways será suya.

–Comprendo.

–En fin, será mejor que me marche. Buenos días, señor.

–Buenos días.

Vin se pasó una mano por el pelo. Había invertido mucho tiempo, esfuerzo y dinero en el acuerdo con Salvatore Calabrese, que acababa de saltar por los aires. Y eso no era lo peor. Tras el fiasco de Air Transatlantique, sus rivales pensarían que se estaba ablandando y se comportarían como tiburones al oler la sangre.

–No sé preocupe, jefe –dijo Ernst, nervioso–. Hay más empresas en nuestro sector, y muchas formas de ampliar nuestra línea aérea.

Vin lo miró con desconcierto. Ernst estaba esperando que dijera algo tranquilizador, pero no se le ocurrió nada. Sencillamente, no sabía qué hacer. El fracaso había llamado a su puerta en el peor momento posible, cuando acababa de ser padre, cuando quería dejar un legado duradero a su hijo.

Sacudió la cabeza y se maldijo para sus adentros.

Se había dejado llevar por el corazón, y la vida le había vuelto a demostrar que dejarse llevar por el corazón era un error que salía caro.

Capítulo 9

NO PUEDES ir más despacio? –le rogó Scarlett.
–No –dijo su marido, molesto.
–Solo un poquito...
–Estamos en Roma. Si fuéramos más despacio, nos arrollarían.

Scarlett se giró hacia el bebé, que iba cómodamente sentado en su sillita. El pequeño la miró con sus grandes ojos oscuros, tan parecidos a los de Vin, y ella se alegró de que viajaran en su flamante Bentley y no en el Ferrari. De hecho, Vin había donado el deportivo a la policía de tráfico, en agradecimiento por el servicio que les habían prestado.

Aún recordaba el miedo que había sentido aquel día, y lo difícil que había sido el parto. Pero el recuerdo del dolor se disipaba cada vez que veía a su hijo.

Además, se alegraba de haber dejado el hospital. Ardía en deseos de marcharse a casa, aunque implicaba que no tendría ningún profesional a mano cuando Nico no pudiera dormir o no comiera lo suficiente.

Sin embargo, no estaba sola. Había una persona en la que podía confiar, una persona que no se había apartado de ella en ningún momento y que había llegado al extremo de perder un buen negocio por dicha razón: su marido.

Ya no tenía dudas. Estaba perdidamente enamorada de él. Lo había sabido cuando abrió los ojos después del parto y él le dio el bebé y la tomó de la mano.

–Mira lo que has creado –le dijo–. Deberías estar orgullosa.

–Lo que hemos creado –puntualizó ella.

–Sí, tienes razón.

Y entonces, lo supo.

Se había enamorado.

–¿Estás segura de que quieres hacer eso? –preguntó Vin, sacándola de sus pensamientos.

Era la sexta vez que se lo preguntaba desde que salieron del hospital. Ya habían decidido que se iban a quedar en Roma, porque Vin tenía la esperanza de arreglar las cosas con Calabrese y retomar las negociaciones con Mediterranean Airlines. Y a Scarlett le parecía bien. ¿Cómo no se lo iba a parecer? También se había enamorado de aquella ciudad.

–Estoy segura –contestó tranquilamente.

–No te entiendo. He reservado una suite en uno de los mejores hoteles de Roma. Tendríamos una planta entera para nosotros, y con unas vistas impresionantes.

Ella sacudió la cabeza.

–No lo dudo, pero no es lo que quiero.

–Cometes un error.

–No –insistió–. Quiero que nuestro hijo viva en una casa de verdad. Aunque no sea lujosa.

–Te arrepentirás esta noche, cuando veas que no hay agua caliente y que las camas son execrables. Incluso es posible que haya goteras.

–¿Prefieres que tu hijo viva en un hotel?

–No se trata de eso, Scarlett. La casa donde crecí no era ninguna maravilla, y habrá empeorado con el tiempo. La puse en alquiler hace veinte años y, por lo que me han dicho, el inquilino no mejoró la situación.

–Oh, vamos. Es un palacete romano. No puede estar tan mal.

–¿Que no? Ya lo verás.

Poco después, llegaron a un destartalado edificio del siglo XVIII que se encontraba al final de un corto camino adoquinado. Scarlett tomó a su hijo en brazos, rechazando la ayuda de los guardaespaldas, y cruzó la enorme puerta principal.

Tras pararse un momento en el vestíbulo, siguió adelante y entró en una sala gigantesca con una bola de discoteca en el techo. Los muebles eran de cuero negro, con cojines de imitación de cebra y leopardo. Había botellas vacías por todas partes, y una alfombra de piel de oso con manchas de vino.

–Te lo dije –declaró Vin.

–¿A qué se dedicaba tu inquilino? –preguntó ella, asombrada–. Parece un monumento a la década de 1970. O un picadero.

–Las modas cambian, pero eso no significa que la gente cambie con ellas –observó su esposo–. Ten en cuenta que Luigi ha estado aquí mucho tiempo. Y siempre ha sido un mujeriego. Incluso ahora, a sus ochenta y cinco años.

–¿Ochenta y cinco?

–Sí.

–¿Y que ha pasado con él? ¿Se ha mudado? ¿O es que...?

Vin sacudió la cabeza.

–No, Luigi goza de buena salud. Pero pensó que había llegado el momento de sentar la cabeza, así que se ha ido a Verona y se ha casado con la mejor amiga de su infancia.

–Guau.

–Como ves, nunca es tarde para cambiar –Vin sonrió–. ¿Seguro que no quieres ir al hotel?

–Seguro. Siempre he querido tener una casa mía, y no me importa si está en buen estado o no lo está. ¡La convertiremos en la casa de nuestros sueños!

–¿De nuestros sueños? ¿O de nuestras pesadillas? –se burló.

–Oh, vamos, ten un poco de fe. Es un edificio sólido.

La remodelación de Villa Orsini duró dos meses. Y años después, cada vez que se acordaba de aquellos días, Scarlett pensaba que había sido una de las épocas más felices su vida. Pero la primera noche fue complicada. Los guardaespaldas fueron a buscar algo de comer y, a continuación, se fueron a un hotel de la zona. Solo se quedó uno, que prefirió dormir en el vestíbulo porque había visto nidos de rata en las habitaciones del primer piso.

Scarlett y Vin durmieron en la sala que parecía una discoteca, porque los sofás eran relativamente nuevos. Y fue como estar de acampada. No tenían ni teléfono ni televisión ni ordenador alguno. Cenaron en una manta que pusieron en el suelo y mataron el tiempo con un viejo juego de mesa que él encontró en un armario.

A las dos de la madrugada, el bebé la despertó. Y Vin, que también se había despertado, se acercó a ella para ponerle un cojín bajo el brazo con el que sostenía al pequeño.

–Gracias –susurró Scarlett.

–De nada, *cara*. Eres mi heroína.

A la mañana siguiente, el palacete se llenó de diseñadores, arquitectos y obreros. Vin dijo que, si estaba decidida a quedarse allí, era mejor que acabaran cuanto antes. Y no reparó en gastos.

Luego, a medida que avanzaba la obra, llegó a la conclusión de que necesitaban personal residente, y se empeñó en contratar a un mayordomo, un ama de llaves, un jardinero y un par de niñeras, una para el día y otra para la noche. Scarlett alegó que se sentía capaz de llevar la casa sin ayuda de nadie, y el rompió a reír.

–¿Qué pretendes? ¿Estar fregando suelos constantemente? No, de ninguna manera. Tú tienes un trabajo más importante.

–¿Cuidar de Nico?

–No. Ser el corazón de nuestro hogar –respondió–. Además, te has casado con un verdadero canalla, y eso es muy esforzado.

Obviamente, Scarlett supo que estaba de broma. Vin no era ningún canalla. Era un buen hombre y, a pesar de sus inclinaciones tiránicas, también era un buen compañero. Nunca hacía nada sin consultárselo antes. Había respetado su decisión de viajar en coche en lugar de subirse a un avión, y acatado su deseo de dormir en la casa en lugar de ir a un hotel. Hasta había renunciado al acuerdo prematrimonial.

Los días se convirtieron en semanas, y noviembre dio pasó a diciembre. Scarlett siempre había creído que Roma era la ciudad del sol eterno, y la dureza de su invierno le sorprendió.

Por suerte, el palacete empezaba a estar en buenas condiciones. Habían cambiado los muebles y arreglado las paredes y los suelos de diez estancias. Habían ampliado y modernizado la cocina, además de reformar los cuartos de baño y de convertir una de las habitaciones grandes en un *spa*. Vin quiso encargar la decoración a su diseñador habitual, pero Scarlett recordó el ambiente frío de su ático de Nueva York y rechazó la idea. Quería una casa luminosa, mediterránea. Y la decoró ella misma.

Disfrutó hasta el último segundo del proceso. Todas las mañanas, daba el pecho al niño, se estiraba alegremente en la enorme cama del dormitorio principal y se ponía manos a la obra. No se podía decir que durmiera demasiado, porque el bebé la despertaba muchas veces. Pero era feliz.

Tenía la casa que siempre había soñado, la familia que siempre había soñado, el hombre que siempre había soñado. Tenía todo lo que quería. Todo menos una cosa.

Vin no había dicho que la amara.

Sin embargo, estaba segura de que se lo diría en algún momento. Y, entre tanto, se dedicó a decorar y a elegir cuidadosamente a los miembros de la plantilla.

Wilhelmina fue la primera que contrató. La llamó a Suiza y se ofreció a doblarle su sueldo.

–No hace falta que me pagues tanto –dijo la mujer–. Casi somos familia.

–Razón de más –replicó Scarlett.

Tras Wilhelmina, llegaron dos criadas, un jardinero y un par de empleados más, pero Scarlett se negó a tener dos niñeras y un mayordomo. A fin de cuentas, no los necesitaba. Ya tenía a su leal y vieja amiga, que se convirtió en una segunda abuela de Nico.

Giuseppe y Joanne los fueron a visitar en diciembre, acompañados de Luca y de María, quienes habían tomado la decisión de casarse en enero. Pasaron un fin de semana maravilloso, y enseñaron la ciudad al niño como si una criatura de cinco semanas pudiera apreciar el Panteón, el Coliseo y la Fontana de Trevi.

–Es demasiado pequeño para darse cuenta de nada –comentó Scarlett.

–Claro que se da cuenta –dijo Giuseppe, haciendo gestos con las manos–. ¡Es mi nieto! ¡Lo lleva en la sangre!

–Oh, vamos, ni siquiera aprecia el helado –ironizó Vin, tan incómodo con su familia como de costumbre.

Esa era la única nota discordante en la felicidad de Scarlett. Vin se ponía tenso cuando estaba con ellos, y huía a la menor oportunidad. De hecho, treinta minutos después de que salieran a pasear por Roma, dijo que había surgido un problema de carácter laboral y se fue.

¿Qué diablos le pasaba? ¿Por qué huía de su familia, cuando era obvio que lo querían con toda su alma? Scarlett habría dado cualquier cosa por saberlo. Sobre todo, porque se volvió más distante a partir de entonces. Se encerraba en su despacho y trabajaba día y noche en busca de una oferta que despertara el interés de Salvatore Calabrese; pero el dueño de Mediterranean Airlines se negaba a hacer tratos con él.

A pesar de ello, estaba convencida de que, al final, se saldría con la suya. Nadie se resistía a Vincenzo Borgia. Y ella, menos que nadie.

Sin embargo, ya no tenía ni la oportunidad de resistirse. Vin no la había tocado desde el nacimiento del niño. Llevaban dos meses sin hacer el amor. Al principio, Scarlett no tenía muchos deseos de acostarse con él, porque su cuerpo todavía se estaba recuperando del trauma del parto; pero, cuando volvió a la normalidad, descubrió que había perdido a su amante.

¿Es que ya no la encontraba atractiva? ¿Sería por

su peso? No había perdido todos los kilos que había ganado durante el embarazo, y sus senos seguían llenos de leche.

En cualquier caso, se concentró en el bebé y en las clases de italiano, que le daba una vecina del barrio, la señora Spinoza. Hasta que un día, buscando por Internet, encontró una idea que quizá solucionara su problema. Según una periodista, los hombres solo necesitaban tres cosas: comida, un hogar y sexo.

El primer paso era la comida, así que aprendió a cocinar. Empezó por lo más fácil y, al cabo de una semana, ya sabía preparar platos de pasta sencillos que, en opinión de Wilhelmina y para su sorpresa, estaban deliciosos.

Por supuesto, Vin no lo supo apreciar. Llegaba tarde a casa y cenaba lo primero que encontraba en el frigorífico, sin prestar atención. Pero Scarlett siguió adelante de todas formas, saltándose el segundo paso porque ya lo había dado. Ya tenían un hogar. Ya lo había convertido en un sitio cómodo y agradable.

Solo quedaba el sexo, lo más difícil.

Y fracasó miserablemente hasta que llegó la Nochebuena. Aquella mañana, se levantó y se dijo que era entonces o nunca.

Vin casi no le dirigía la palabra. Siempre hacía un esfuerzo por jugar con el bebé cuando volvía del trabajo, pero Scarlett solo le sacaba protestas por su costumbre de dar esquinazo a Larson, el guardaespaldas que se encargaba de su seguridad.

–Deja de hacer eso –le ordenó un día, impecable con su traje y su corbata–. Larson tiene la obligación de seguirte. No le compliques la vida.

Ella, que solo llevaba una bata, dijo:

–¿Crees que me van a asaltar en pleno día mientras

empujo un carrito hacia la casa de la señora Spinoza? ¡Eso es una estupidez! Además, no puedo estudiar italiano mientras Larson la mira fijamente con esas gafas de espejo. ¡La pone nerviosa!

–Estoy hablando en serio, Scarlett. O haces lo que te digo o...

–¿O qué?

Él frunció el ceño.

–O tendrás que afrontar las consecuencias.

Vin se fue, maletín en mano. Y ella puso en marcha el plan que lo resolvería todo o la condenaría al más espantoso de los ridículos. Pero se tenía que arriesgar. Como solía decir su difunto padre, nadie podía cambiar nada si no empezaba por cambiarse a sí mismo.

Scarlett pidió que llevaran al salón el gigantesco árbol de Navidad que había comprado, además de las cajas con los adornos. Luego, dio vacaciones a los miembros de la plantilla y se quedó a solas con el bebé y con Larson, que estaba en la casita del portero, junto a la entrada de la propiedad.

Durante los minutos siguientes, se dedicó a decorar el árbol y a cantar nanas a Nico, incluida una en italiano. Después, encendió la chimenea, preparó la cena y, tras dejar la salsa a fuego bajo, bañó al bebé, le puso un pijama y lo acostó en la cuna de su cuarto, dormido. Solo faltaba la última parte, que empezó con una ducha y terminó con la loción que se puso en todo el cuerpo, para suavizarse la piel.

No se llegó a vestir. Siguiendo el consejo del artículo que había leído, se quedó completamente desnuda y, a continuación, se puso un mandil. Ni siquiera llevaba braguitas.

Ahora, tocaba esperar.

Cuando Vin volviera a casa, le diría que estaba

enamorada de él. Y él le diría que el sentimiento era recíproco. Y serían felices para siempre.

O no.

A decir verdad, Scarlett estaba aterrorizada.

Vin llegó agotado. Ya era de noche y, cuando vio la hora, se maldijo en voz baja. Faltaban pocos minutos para las diez.

–Lo siento, Leonardo –dijo a su chófer–. No sabía que terminaríamos tan tarde. Gracias por ser tan comprensivo.

–No se preocupe, señor Borgia. La paga extra que me ha dado es tan generosa que mi familia se podrá ir de vacaciones el mes que viene. Lo cual me recuerda que a mi esposa le gustó mucho el *panettone* casero de su mujer. Estaba realmente delicioso.

Vin lo miró con desconcierto.

–Yo también le quería dar las gracias –intervino Beppe, el guardaespaldas que lo acompañaba ese día–. He invertido la paga en un anillo para mi novia. Se lo daré mañana por la mañana... Y debo añadir que Leonardo tiene razón. El *panettone* de la señora Borgia es una maravilla. Me regaló uno, y me lo comí entero mientras veía un partido de fútbol.

Vin no lo podía creer. ¿Scarlett había aprendido a cocinar? ¿Y hacía regalos a sus empleados?

–Oh, sí, sí que está bueno –dijo, carraspeando–. Me alegra que os guste.

Beppe pulso el código de seguridad de la puerta exterior, y Vin se dirigió al palacete sin más compañía que sus preocupaciones. Se había creído capaz de convencer a Salvatore Calabrese para que le vendiera Mediterranean Airlines, pero su delgaducho ayudante le había informado de que su jefe hacía negocios con tiburones, no con peces de acuario.

Tenía la sensación de estar fracasando en todos los sentidos, empezando por su trabajo y terminando por su hogar. Pasaba tanto tiempo fuera que casi no veía a Nico y, en cuanto a su mujer, la cosa era peor.

Y la necesitaba.

Necesitaba estar con ella.

Llevaban dos meses sin sexo. Y cuando la veía, sentía el deseo de arrancarle la ropa y tomarla contra una pared.

Pero se refrenaba.

El parto de Scarlett había sido tan complicado que no sabía cuándo querría volver a hacer el amor, si es que quería. Y ni siquiera se atrevía a sacar el tema. De hecho, la rehuía por completo porque era más fácil que tenerla cerca y no poder tocarla.

–Vete a casa, Beppe. Es Nochebuena –dijo a su guardaespaldas.

–No me parece bien, jefe. Podría pasar algo –replicó, inseguro–. Nadie ha visto a Falkner desde hace dos semanas.

–Márchate –repitió–. Larson está en la casa del portero, y te llamará si te necesita. Además, pondremos la alarma.

–Si insiste...

–Por supuesto. Tu novia te estará esperando.

Los ojos de Beppe se iluminaron.

–Gracias, *signor* Borgia. *Buon Natale!*

–Feliz Navidad.

Vin entró en la casa, puso la alarma y dejó el maletín en la mesa del vestíbulo. Luego, se quitó la chaqueta y entró en el salón, pensando que Scarlett se había acostado.

Y se detuvo en seco.

Junto a la chimenea, que estaba encendida, se alzaba un gigantesco árbol de Navidad iluminado con docenas y docenas de pequeñas bombillas. Pero eso no era tan sorprendente como lo que estaba a su lado, sosteniendo una bandeja con un martini dry.

–Bienvenido –dijo su esposa.

Scarlett llevaba un delantal. Y bajo el delantal, nada.

Vin se quedó sin aliento.

Estaba desnuda. Completamente desnuda.

–¿No quieres el martini? –preguntó ella, mirándolo con picardía–. Lo acabo de preparar.

Vin se había quedado sin habla. No podía pensar. No podía ni respirar. Solo veía su largo pelo rojo cayéndole sobre los hombros y sobre la parte superior de los senos, casi visibles bajo la escasa tela del mandil.

–¿No lo quieres? Es una lástima.

Scarlett dejó la bandeja en una mesita, y él tragó saliva.

–¿Dónde está Nico? –acertó a decir.

–Arriba, dormido.

–¿Y la señora Stone?

–Es Nochebuena, cariño. Le he dado vacaciones y le he regalado un billete de avión para que vaya a ver a su familia, que vive en Atlanta.

–Ah...

Scarlett se acercó, balanceando lenta y deliberadamente las caderas. Y se detuvo delante de Vin, sin tocarlo.

–He preparado la cena –anunció–. Es pasta, y aún está caliente.

Vin no dijo nada. Su esposa lo había excitado de tal manera que tuvo que hacer un esfuerzo para contenerse; y, cuando Scarlett lo miró a los ojos, perdió la valentía y dio un paso atrás, nerviosa. Pero ya era demasiado tarde.

Él la tomó entre sus brazos, la apretó contra la pared y dijo:

–¿Qué más está caliente?

Ella se estremeció.

–Vin, quería hablar contigo de...

Vin no le dio ocasión de terminar la frase. Asaltó su boca sin contemplaciones, y empezó a acariciar la cálida y suave superficie de sus caderas antes de ascender a sus voluptuosos senos, tan poco protegidos por el delantal como todo lo demás. Para entonces, Scarlett estaba tan excitada como él, y se puso de puntillas para llegar mejor a su boca.

Al cabo de unos instantes, Vin soltó un gemido gutural, le quitó la escasa prenda que los separaba y, tras admirar sus pechos, la volvió a besar. Iba a ser la primera vez que hicieran el amor después del parto, y quería tomárselo con calma. Quería llevarla al dormitorio, tumbarla en su lecho y seducirla sin prisas, para que durara tanto tiempo como fuera posible. Pero ella se apretó contra su erección y susurró dos palabras que lo cambiaron todo:

–Te amo.

Vin la miró, perplejo. Estaban a solas en el salón, sin más luz que el fuego de la chimenea y las diminutas bombillas del árbol de Navidad. Pero el uno y las otras palidecían frente a los ojos de su esposa.

–Te amo –repitió ella.

Sus palabras sonaron como si las hubiera llevado dentro durante años y ya no las pudiera contener.

Scarlett lo amaba.

Vin perdió el poco control que aún tenía y se abrió

los pantalones con tanta desesperación que el botón saltó. Estaba cansado de esperar, así que la alzó en vilo, la empujó contra la pared y la penetró con una contundente acometida.

Scarlett echó la cabeza hacia atrás y se aferró a sus hombros, con los ojos cerrados. Vin gimió y se empezó a mover una y otra vez mientras ella lo besaba y apretaba sus enormes senos contra su pecho, aumentando la excitación de su marido, que se detuvo por miedo a terminar demasiado pronto.

Sin embargo, su inmovilidad fue breve. Tras salir de ella un momento, la volvió a penetrar. Scarlett aceleró entonces el ritmo, y siguió adelante hasta que el clímax hizo que gritara de placer, fuera de sí. Al oírla, Vin aumentó la potencia y la velocidad sin cautela alguna. La espera había terminado. Y su orgasmo fue tan intenso que, cuando lo alcanzó, perdió la vista durante un segundo.

Nunca se había sentido como se sintió a continuación, dominado por una sensación extraña que ni siquiera reconocía. Una emoción desconcertantemente fuerte. Una emoción que no podía negar ni reprimir.

–Te amo.

La voz sonó gutural, baja, vulnerable; tan rara que Vin se preguntó de quién sería hasta que Scarlett le lanzó una mirada de júbilo absoluto.

Era su voz. Su propia voz.

Capítulo 10

ESTABA enamorado de ella.

Lo estaba, y no supo si sentirse feliz u horrorizado.

Pero Scarlett no tenía ese problema. Se había arriesgado mucho con su plan. ¿Qué pasaría si la rechazaba? ¿Qué pasaría si se reía de ella? ¿Qué pasaría si uno de sus guardaespaldas aparecía de repente? Y, sobre todo, ¿qué pasaría si el descarado intento de acostarse con él y confesarle su amor terminaba en fracaso?

Había estado a punto de cambiar de opinión a última hora, pero la intensidad de sus sentimientos le dio la valentía que necesitaba para superar su timidez y luchar por sus sueños. Unos sueños que se habían hecho realidad.

Vin la amaba, y ella lo amaba a él.

La mañana del día de Navidad prometía ser la más feliz de su vida. Y todo, gracias a Internet. El consejo de aquella periodista había funcionado mucho mejor de lo previsto.

Después de hacerle el amor y de decirle que la amaba, Vin le había pasado su chaqueta por encima de los hombros y la había llevado a la cocina para degustar el pan casero y los *fettuccini* a la carbonara que ella había preparado. Luego, subieron a la habitación principal e hicieron el amor otra vez, pero sin prisas, tomándose su tiempo, con una delicadeza increíble.

Aún no lo podía creer. ¡Vin la quería!

Por desgracia, la tranquilidad matinal se rompió al cabo de unos instantes, cuando Nico comenzó a gemir. Scarlett se levantó con cuidado de no despertar a su marido y entró en el cuarto del pequeño, al que tomó en brazos y dio el pecho.

De vuelta en su habitación, se tumbó en la enorme cama y se quedó tan dormida como su bebé. Hasta que un ruido la despertó.

Scarlett abrió los ojos y miró a Vin, que estaba metiendo ropa en una maleta.

–¿Qué estás haciendo? –le preguntó.

–El equipaje.

–Sí, ya lo veo. Pero, ¿para qué?

Vin se giró y la miró con frialdad. Se había vestido, y llevaba un traje negro con camisa blanca y corbata roja.

–Tengo un viaje de negocios –respondió.

–¿Y cuándo te vas?

–De inmediato.

Scarlett se sentó, alarmada.

–¿Cómo? Tus padres no están esperando en la Toscana. Les prometimos que iríamos a verlos –le recordó.

–Me temo que será imposible. Acabo de saber que Salvatore Calabrese se ha ido a Tokio para cerrar un acuerdo con otra empresa. Es mi última oportunidad. Si no llego pronto, venderá Mediterranean Airlines a la competencia.

–¡Pero no te puedes ir! –protestó, intentando mantener la calma–. ¡Es Navidad!

–¿Y qué pretendes que haga, Scarlett? ¿Que sacrifique mi compañía y el futuro de nuestro hijo por jugar a la familia feliz?

Ella guardó silencio, dolida. Vin la miró unos momentos más y siguió haciendo la maleta.

–No sé cuándo volveré. Pueden ser días, incluso semanas –anunció.

–¿Tampoco vas a estar en Nochevieja?

–Puede que no, aunque eso carece de importancia. De todas formas, vas a estar muy ocupada –dijo–. Tienes que hacer el equipaje.

–¿El equipaje?

–Sí. Nos mudamos a Nueva York.

Scarlett se quedó boquiabierta. ¿Qué demonios había pasado? La casa de Roma era su hogar, y no se quería ir.

–¿De qué estás hablando? ¡Vivimos aquí!

Vin hizo caso omiso.

–Cuando lleguemos a Nueva York, nos someteremos a otra prueba de paternidad.

Scarlett estuvo a punto de darle una bofetada, pero se contuvo.

–¿Por qué?

–Porque quiero estar seguro.

–¿Y cuántas pruebas necesitas para estarlo? ¿Con cuántos hombres crees que me he acostado? –preguntó, indignada–. ¿Aún crees que miento?

Él se encogió de hombros.

–No sería la primera vez que me engañan...

–¡Yo no te he engañado nunca!

–Tú, no; pero otras, sí –declaró su marido–. Y, por cierto, no me gusta que me hables en ese tono. Es muy hostil.

–¿Hostil? ¡Tú no me has llegado a ver hostil! –replicó, levantándose de la cama–. ¿Cómo es posible que dudes de mí a estas alturas?

–Scarlett...

–¡Vete al infierno! Anoche me dijiste que estabas enamorado de mí, y ahora me dices que te vas y que quieres repetir esa prueba. No hay que ser muy lista para saber que intentas que te odie. Pero, ¿por qué, Vin? ¿Por qué?

Vin se apartó de ella.

–Espero que estés en Nueva York cuando vuelva de Tokio –dijo sin más.

–Ah, ¿ya te has puesto en contacto con alguna clínica neoyorquina? –preguntó con sorna–. ¿Qué ocurre? ¿Preferirías no ser el padre de Nico? ¿Es eso?

–No, por supuesto que no. Si no quisiera serlo, no te habría buscado por medio mundo –contestó–. Solo te pido que hagas las maletas y vayas con nuestro hijo a Nueva York. Y que Larson te acompañe siempre cuando salgas de casa. Lo digo en serio, Scarlett.

–¡Y yo te digo que estoy harta de que tu guardaespaldas me siga a todas partes! ¡Esto es Roma! ¿Qué nos puede pasar?

–Cualquier cosa. A mí me asaltaron una vez en el centro de Manhattan, en pleno día.

–¿Cuándo?

–Cuando tenía diecisiete años. El tipo quería mi cartera, y me envió al hospital por los miserables veinte dólares que llevaba encima –dijo–. Por eso tengo guardaespaldas. Quiero proteger a los míos.

–Lo lamento mucho, pero eso pasó hace años. Y estamos en Roma, una ciudad enormemente más segura que Nueva York.

–Sea como sea, espero que os vayáis a finales de semana. Uno de mis aviones os estará esperando en el aeropuerto.

–¡No vamos a ir a ninguna parte! ¡Y menos aún, en avión!

–Scarlett, soy dueño de una línea aérea –dijo, intentando mantener la calma–. Será mejor que te acostumbres a los aviones.

–No, gracias. Ni mi hijo ni yo vamos a subir a uno de esos ataúdes volantes.

–A ver si lo he entendido... Afirmas que mi empresa da un servicio de ataúdes volantes, te niegas a vivir en Nueva York y prefieres ir sola por el mundo y arriesgarte a que te pase algo antes que aceptar un guardaespaldas.

–Básicamente, sí.

–¿Por qué me faltas tanto al respeto? ¿Por qué pones en duda mi buen juicio? Ni siquiera me escuchas.

–¿Y por qué te iba a escuchar, si tú no me escuchas a mí? –declaró, enfadada–. Quiero vivir en Roma. Estoy aprendiendo italiano. Tengo amigos nuevos. Tus padres viven a poca distancia de aquí. ¡Y tu hermana se va a casar el mes que viene!

–Pues le enviaremos flores.

–¿Estás hablando en serio? ¡Es tu hermana!

–¿A qué viene esto, Scarlett? ¿Creíste que nos quedaríamos aquí para siempre?

Scarlett había creído exactamente eso, y se le hizo un nudo en la garganta.

–Es nuestro hogar –insistió.

–Oh, vamos, esta casa no es mi hogar. Lo fue una vez, cuando yo ira un niño a merced de los adultos. Pero ya no lo soy. Y la sede de mi empresa está en Nueva York.

–Nueva York no es nada para mí. Allí no tengo a nadie.

–Tendrás algún amigo...

–¿Quién? ¿Blaise Falkner?

–No, ya no está en Nueva York. Mi jefe de seguridad dice que se ha ido –contestó–. No será un problema.

–Claro que no. Porque no pienso ir.

Justo entonces, llamaron a la puerta. Era Beppe, que pasaba a recoger el equipaje de Vin.

–¿Cómo puedes ser tan insensible? ¿Le has obligado a trabajar en Navidad? –dijo Scarlett, que se giró hacia el guardaespaldas–. Lo siento mucho.

–*Va bene, signora.*

–Me estoy cansando de que me critiques constantemente –dijo Vin.

–No me digas –se burló–. Preferirías que temblara como una hoja y te obedeciera sin rechistar.

–Estás malinterpretando mis palabras.

–¿Ah, sí? ¿Qué soy para ti, Vincenzo? ¿Tu ama de llaves? ¿Tu niñera? ¿Tu prostituta quizá? –preguntó.

Él entrecerró los ojos.

–Eres mi esposa. La madre de mi hijo.

–Entonces, ¿por qué te comportas como si no lo fuera? ¡Anoche me dijiste que me amabas!

Vin lanzó una mirada rápida a Beppe, que hacía lo posible por pasar desapercibido y fingir que no oía la conversación.

–Solo te estoy informando de lo que va a ocurrir. Viajarás a Nueva York con Nico y haremos esa prueba de paternidad.

El bebé empezó a llorar en ese momento, y Scarlett perdió la calma.

–¡No voy a ir a ninguna parte! ¡No me puedes obligar!

Vin no contestó. Dio media vuelta, salió en compañía de Beppe y se fue.

Scarlett se sentó en una silla y empezó a llorar. ¿Qué había pasado? Aquella mañana, se sentía la mujer más feliz del mundo. Vin había le había dicho que estaba enamorado de ella. Pero, si eso era cierto, ¿por qué actuaba de ese modo?

No, Vin no la amaba. Era la única explicación que se le ocurría. Y todos sus sueños se hundieron como un castillo de naipes.

Tras unos momentos de desesperación, se levantó y entró en el cuarto del niño.

Nico necesitaba que lo animaran. Y ella, también.

Vin estaba en el lujoso bar de un hotel de Tokio, en la última planta de un rascacielos. Frente a él, se extendía el paisaje nocturno de la capital japonesa, desde el parque Hamarikyu hasta el puente de la bahía.

Era precioso.

Único.

Frío.

Echó un trago de whisky y se sentó. Habían pasado dos semanas desde la discusión con Scarlett, y no habían vuelto a hablar. Pero el viaje había merecido la pena; por lo menos, en términos económicos. Cuando Calabrese supo que había dejado a su mujer y a su hijo el día de Navidad para intentar convencerlo de que le vendiera Mediterranean Airlines, cambió radicalmente de actitud.

Vin llevaba dos semanas encerrado en el hotel, limando detalles con los negociadores y el equipo jurídico. No había podido salir ni a dar un paseo. Lo único que conocía de Tokio eran las vistas del bar y la autopista del aeropuerto.

Sin embargo, lo había conseguido. Acababa de firmar el acuerdo. Mediterranean Airlines formaba parte de SkyWorld.

Entonces, ¿por qué no estaba contento?

Scarlett seguía en Roma. Lo había desobedecido y, según sus guardaespaldas, les daba el esquinazo a la menor oportunidad. Era como si no hubiera cambiado nada. Estudiaba italiano, cuidaba del niño, dirigía la casa y ayudaba a su familia a organizar la inminente boda de su hermanastra.

De su supuesta hermanastra.

Y de su supuesta familia.

Vin apretó los dientes. Se sentía incómodo con ellos porque su afecto por él era real. Y, si llegaban a saber que Giuseppe no era su padre, si llegaban a saber que Bianca le había mentido, su afecto desaparecería.

Por supuesto, no sería de la noche a la mañana. Dirían que seguían siendo una familia, pero empezarían a buscar excusas para no pasar de visita o no celebrar juntos la Navidad. Y al final, inevitablemente, romperían el contacto.

No, Roma no era sitio para él.

Por desgracia, Scarlett se había rebelado, y lo odiaría un poco más cuando supiera que había hablado con sus abogados para que redactaran el acuerdo posmatrimonial. Pero era la única forma de recuperar el control de la situación. La única forma de proteger a su familia, incluida ella.

Además, su esposa no sabía que Falkner los había amenazado antes de dejar Nueva York. ¿Cómo lo iba a saber? No le había dicho nada. Y no se lo había dicho porque no la quería asustar. Solo la quería proteger.

¿Por qué se empeñaba en llevarle la contraria?

El día de su discusión fue uno de los más extraños que podía recordar. Cuando amaneció, estaba radiante de alegría. Le había dicho que la amaba, y el sentimiento era recíproco. Pero luego, de repente, sintió pánico. Sabía por experiencia que la felicidad duraba poco, y que el amor terminaba siempre en abandono o, peor aún, muerte.

Ni siquiera quería estar enamorado. Nunca había querido estarlo.

–¿Borgia? No esperaba encontrarlo aquí...

Vin se sobresaltó al oír la voz de Salvatore Calabrese, que aún llevaba el traje que se había puesto para firmar el acuerdo de Mediterranean Airlines.

–Buenas noches, Calabrese.

El arrogante empresario se sentó a su lado, hizo un gesto al camarero y dijo:

–Me alegro de que consiguiera convencerme al final. Es la persona adecuada.

–Yo también me alegro –dijo, deseando que se fuera.

–Además, ha aprendido una lección muy valiosa. No permita nunca que su familia se interponga en su camino. Hágame caso. Sé de lo que hablo.

El camarero se acercó, y Calabrese sacó unos billetes y pagó la cuenta de Vin, dejando una propina generosa.

–Sé que llevará mi compañía a lo más alto –añadió.

–Eso espero.

–En cuanto a mí, voy a disfrutar un poco de los beneficios. Me lo tomaré con calma durante una temporada. Y quién sabe... es posible que alguna de esas señoritas consiga que me case por cuarta vez.

Vin siguió su mirada hasta tres preciosas modelos que estaban sentadas en un sofá, coqueteando con él en la distancia.

–¿Quiere casarse otra vez? –preguntó Vin.

–¿Por qué no? Las esposas salen más baratas que las amantes, siempre que firmen un acuerdo prematrimonial. Y siempre me encargo de que lo firmen.

Calabrese se despidió y se alejó hacia las modelos, que estaban encantadas de haber llamado su atención.

Vin sacudió la cabeza y se intentó convencer de que él no se parecía a ese hombre. Sus intenciones no eran las mismas. Su situación no era la misma. Pero, horas más tarde, ya en el avión que lo llevaba a Italia, se sentía tan mal que no pudo dormir.

La Navidad había pasado por Roma sin dejar más huella que el frío del invierno. Pero Vin no estaba preocupado por el clima cuando llegó al palacete, sino por la recepción que le daría Scarlett.

Y se llevó una sorpresa.

–¡Vin! ¡Cuánto me alegra que estés en casa...!

Scarlett, que estaba en lo alto de la escalera, bajó corriendo y lo abrazó. Llevaba unos sencillos vaqueros y una camisa blanca, pero le pareció más bella que nunca. Sus ojos verdes brillaban en la penumbra del vestíbulo. Su piel olía a flores silvestres. Y el contacto de su cuerpo fue como una bocanada de oxígeno tras muchos días de ambientes cargados.

–He estado pensando mucho –continuó ella–. Y me he dado cuenta de que... bueno, de que estaba equivocada.

Él frunció el ceño.

–¿A qué te refieres?

–Al viaje a Nueva York –respondió con una sonrisa débil–. Tienes razón. La sede de tu empresa está allí. No puedo esperar que cientos de empleados hagan las maletas con sus familias y se vengan a Roma.

Vin guardó silencio. Estaba completamente desconcertado.

–Lamento haber sido tan egoísta. No he cambiado de idea en lo tocante a viajar en avión, pero se me ha ocurrido que podríamos ir en barco. A fin de cuentas, el amor implica hacer concesiones. Y el matrimonio, claro.

–En efecto –dijo él.

–Pero supongo que querrás ver a Nico...

–Sí.

Scarlett lo tomó de la mano y lo llevó al cuarto del niño, donde él se llevó la segunda sorpresa del día. ¿Cómo era posible que Nico hubiera cambiado en solo dos semanas? Estaba mucho más grande.

Vin lo miró durante unos instantes y se maldijo a sí mismo por haberse ausentado tanto tiempo. Pero era la última vez que cometía ese error. Recuperaría el control de su vida, de su hogar y de su hijo. Volvería a ser el hombre de antes, sin el caos emocional que Scarlett le provocaba.

El amor era una debilidad que no se podía permitir.

Solo tenía que seducirla de nuevo, conseguir que bajara la guardia y convencerla para que firmara el acuerdo posmatrimonial, que le daría plenos poderes. Desde su punto de vista, era lo mejor para todos. Y, aunque su esposa lo odiara al principio, estaba seguro de que terminaría por agradecérselo.

–Te he echado de menos, Scarlett –dijo con su voz más seductora–. Te necesito. No quiero que nos volvamos a separar.

Ella le devolvió la sonrisa, aparentemente inconsciente de sus intenciones, y se estremeció cuando él le besó la mano.

Vin sonrió para sus adentros, convencido de que se

iba a salir con la suya. En poco tiempo, Scarlett sería incapaz de desafiarlo. Se sometería a sus decisiones en cualquier circunstancia. Superaría su ridículo miedo a los aviones y viajaría con él cuando él quisiera y adonde él quisiera.

A partir de ese momento, no tendría más opción que obedecer en el hogar y, por supuesto, en la cama. Sería suya en todos los sentidos y estaría a su entera disposición.

Capítulo 11

VIN HABÍA cambiado. El hombre que se había ido a Tokio era sensual y explosivo incluso en los momentos de mayor ternura, pero el hombre que había vuelto de Tokio se mostraba distante hasta en su forma de besar.

¿Qué estaba ocultando?

¿Qué tramaba?

Scarlett le dio vueltas y más vueltas a lo largo del día, sin llegar a ninguna conclusión. Y aquella noche, mientras se preparaban para ir al ensayo de la boda de María, volvió a sacar el asunto de Nueva York.

–Olvídalo –replicó él–. Ya hablaremos de eso en otro momento. Hoy, solo quiero disfrutar de tu compañía.

Cenaron en un restaurante encantador, a poca distancia de la Plaza Navona. Giuseppe, Joanne y María se alegraron mucho cuando vieron a Vin; y, cuando Scarlett se levantó para brindar por su éxito con Mediterranean, todos aplaudieron y lo vitorearon.

Vin bajó la cabeza con timidez. Y aquel gesto hizo que su esposa lo quisiera más que nunca.

Tras volver a la casa, pusieron al niño en la cuna y se acostaron. Scarlett lo había extrañado tanto que estaba desesperada por volver a sentir su calor y su fuerza. Pero Vin se mostró tan distante en la cama como en todo lo demás.

¿Por qué se comportaba así? ¿Se sentía culpable por haber discutido con ella? ¿Se arrepentía de haberle dicho que la amaba?

Fuera como fuera, no podía negar que también se mostraba extrañamente romántico. Después de llevarla al orgasmo, se apretó contra ella y la abrazó toda la noche, con una delicadeza inaudita. Y Scarlett empezó a dudar. ¿Seguro que tramaba algo? ¿No se estaría preocupando sin motivo?

Cuando despertó a la mañana siguiente, se sintió como si no hubieran tenido el menor problema. Eran marido y mujer. Estaban enamorados y felizmente casados. Además, Vin había vuelto a casa tras dos semanas de ausencia y, por si eso fuera poco, su hermanastra se casaba esa misma noche.

Todo iba bien. Solo quedaba el asunto de la mudanza, pero se dijo que podían vivir medio año en Nueva York y medio año en Roma.

–¿Ya estás despierta?

Scarlett se sorprendió al ver a Vin con una bandeja y sin más ropa que una toalla anudada a la cintura.

–¿Me has traído el desayuno? Te lo agradezco mucho, pero no hacía falta. Acabas de volver de Japón. Debes de estar agotado.

–Precisamente. Me fui y te dejé sola con Nico y con la organización de la boda de María. Ya es hora de que sea yo quien cuide de ti.

Vin sonrió y dejó la bandeja sobre el regazo de Scarlett. Incluso se había molestado en ponerle una flor.

–Ah, por cierto... –continuó él–, he traído un documento para que lo firmes. Está debajo de la rosa.

Scarlett frunció el ceño.

–¿Qué tipo de documento?

El se encogió de hombros. Se había encargado de

que lo redactaran en italiano, pensando que ella no lo entendería.

–No es nada importante. Un formalismo de las autoridades de mi país –dijo–. En cuanto lo firmes, nuestro matrimonio será definitivamente oficial.

Scarlett le echó un vistazo por encima. Sin embargo, su dominio del italiano era bastante precario y, aunque había aprendido mucho, no llegaba al extremo de saber interpretar la jerga jurídica.

–Mi padre solía decir que solo un idiota firmaría un documento que no entiende. ¿Puedes hacer que lo traduzcan?

–Por supuesto –contestó.

Vin salió de la habitación y volvió con la cafetera al cabo de unos instantes. Luego, le sirvió una taza y añadió un par de cucharadas de azúcar.

–A partir de ahora, te cuidaré mejor. Te daré el trato que mereces. Haré que te sientas como una reina.

Scarlett lo miró con amor.

–Disfruta del desayuno, *cara*. Yo me voy a duchar. Pero, si te sientes juguetona, no dudes en hacerme una visita...

Vin dio media vuelta y se quitó la toalla a propósito, para que su esposa pudiera disfrutar de la deliciosa vista de su trasero.

A Scarlett le gustó tanto que no le quitó la vista de encima hasta que desapareció en el servicio. Entonces, volvió a mirar el documento de la bandeja y pensó en las cosas que tenía que hacer antes de ir a la boda. Ni siquiera sabía lo que se iba a poner. Quería estar elegante, pero siempre se había sentido una pueblerina, y le asustaba la idea de salir a la calle para explorar las boutiques de los diseñadores romanos.

Sin embargo, eso no era lo único que le incomodaba. Tampoco se sentía con ganas de llamar a un abogado de habla inglesa para que le tradujera el documento. Era la esposa de Vin, la madre de su hijo. No quería dar la impresión de que desconfiaba de él. No podía actuar como si fuera su enemiga.

Al final, decidió evitarse problemas y firmó el documento, aliviada. Después, fue a buscar al niño, volvió a la cama y se puso a desayunar, con el pequeño en brazos. Vin regresó al cabo de unos minutos, envuelto en un albornoz blanco.

–¿Has disfrutado del desayuno, *cara*?

–Sí, gracias –Scarlett le dio el documento–. Lo acabo de firmar.

Los ojos de su marido se iluminaron.

–Te lo agradezco mucho.

–No hay nada que agradecer. Ojalá fuera todo tan sencillo como firmar.

–¿Te refieres a algo en concreto?

–Me temo que sí. No sé lo qué ponerme esta noche.

Él sonrió.

–Bueno, creo que puedo solucionar ese problema.

Vin lo solucionó con una simple llamada telefónica, que llenó la casa de estilistas y diseñadores. Mientras Nico jugaba tranquilamente, la maquillaron, la peinaron, le hicieron la manicura y le enseñaron alrededor de treinta vestidos, a cual más exquisito. Pero Scarlett no tuvo que pensar demasiado, porque se quedó encantada con uno de color zafiro que le hacía parecer un reloj de arena.

Cuando se lo puso, se vio tan sexy que casi no se reconoció. Le daba cintura de avispa, y el alto y escotado corpiño resaltaba sus ya grandes senos.

–Está bellísima –dijo el peluquero, arrancándole un destello de rubor.

Scarlett se giró hacia Wilhelmina, que estaba con el bebé y preguntó:

–¿Qué opinas tú?

–Que ese marido tuyo se va a sentir muy orgulloso de ti.

Scarlett cruzó los dedos para que fuera cierto y no la tomara por una chica del montón que fingía ser refinada. En cualquier caso, solo había una forma de salir de dudas; así que dio un beso a su hijo y salió de la habitación para enseñarle el vestido a su esposo. Pero, cuando llegó a la escalera, oyó voces procedentes del vestíbulo.

–Blaise Falkner...

Eran Vin y su ayudante, que dejaron de hablar al ver a Scarlett. ¿Por qué estarían hablando de su exjefe?

Vin la miró de arriba abajo y se encontró con ella al pie de la escalera, donde dijo:

–Eres la mujer más bella del mundo. Olvidemos la boda. Vayamos arriba y...

Scarlett se sintió profundamente halagada, pero no hasta el punto de pasar por alto lo que acababa de oír.

–¿Por qué estabais hablando de Falkner?

–Le perdimos la pista cuando se fue de Nueva York –contestó Ernest.

–¿Que le perdisteis la pista? ¿Es que lo estabais siguiendo?

Vin frunció el ceño a su ayudante y besó la mano de su esposa.

–No te preocupes por eso, *cara*. Se habrá escondido en algún sitio donde pueda ahogar sus penas en alcohol. ¿Te he dicho ya que estás preciosa?

–Muchas gracias –replicó, ruborizada–. Tú también estás muy guapo.

Scarlett se quedó corta. Llevaba un traje hecho a medida, que enfatizaba sus anchos hombros y su estrecha cintura. Sus ojos eran tan intensos como sus rasgos, que parecían cortados a cuchillo. Y, por otra parte, no encajaba en la definición tradicional de guapo. Lo suyo iba más allá.

De repente, él ladeó la cabeza y la miró.

–Solo te falta una cosa.

–¿Cual?

Vin se metió una mano en el bolsillo, sacó un collar de diamantes y, tras besarla en el cuello, se lo puso.

–Gracias.

–Ya nos podemos ir.

Vin y Scarlett subieron a la limusina que los estaba esperando y se pusieron en marcha, con los guardaespaldas en un segundo vehículo.

La boda se celebró en un *palazzo* romano, que habían llenado de flores y velas para la ocasión. Fue un acontecimiento precioso, y Scarlett se emocionó casi tanto como Joanne cuando el juez de paz casó a los dos jóvenes.

Después, pasaron al enorme salón donde iban a cenar. María y Luca se sentaron en la mesa de honor con sus familiares, entre los que estaban Scarlett y Vin. Luego, se pronunciaron discursos que Scarlett solo entendía a medias y se brindó por la felicidad de los recién casados. Pero ella solo tenía ojos para el atractivo hombre que la besaba de vez en cuando en los labios o en la mejilla.

–Te vamos a echar de menos –dijo el padre de Luca durante el tercer plato–. Mi hijo esperaba que tu esposa enseñara a cocinar a mi nuera.

–¡Oh, papá! –protestó Luca.

–Eso no estaría bien –intervino María con humor–. Si aprendo a cocinar, los restaurantes perderían muchísimo dinero. Y hay que apoyar la economía del país.

–¿Qué significa eso de que te echará de menos? –preguntó Scarlett a Vin–. ¿Te vas de viaje otra vez?

–No, es que he oído que os mudáis a los Estados Unidos –respondió el padre de Luca, dueño del *palazzo* donde estaban–. De hecho, sé que vais a alquilar el palacete a un actor de Hollywood y que habéis comprado un dúplex en Nueva York por un precio astronómico. ¿Cuánto te ha costado? ¿Cincuenta millones de dólares?

Scarlett sonrió.

–Ha oído mal, *signor* Farro. Es cierto que estamos considerando la posibilidad de mudarnos, pero aún no hemos decidido nada. Y, por supuesto, tampoco hemos alquilado el...

Al ver la cara de su esposo, se detuvo en seco.

–¿Lo has alquilado? ¿Sin consultármelo antes? –le preguntó en voz baja–. No tienes derecho a hacer una cosa así.

–Pues ya está hecho.

–Pero, ¿por qué no me lo has dicho?

–Porque no habrías sido razonable.

–Razonable –repitió ella con incredulidad.

–Mira, he permitido que te quedaras en Roma hasta la boda de mi hermanastra, pero mañana haremos las maletas y nos iremos –declaró–. Y sí, es verdad, he comprado un ático que está cerca de mi oficina.

–Ya tenemos un hogar, Vin. Aquí, en Roma.

–La casa nueva te gustará más –dijo–. Estaremos allí dentro de unas horas.

–No voy a viajar en avión.

–Tienes que afrontar tus miedos, Scarlett.

–No tengo por qué hacer nada –replicó, harta de su condescendencia.

–Me temo que sí.

–Niños, niños –intervino Giuseppe, angustiado–. Scarlett, estoy seguro de que mi hijo solo quiere lo mejor para ti y para mi nieto. Pero, si no quieres ir a Nueva York, no te obligará. Vincenzo es un buen hombre. Siempre lo ha sido. Venga, Vin, dile que...

Vin se levantó de forma tan brusca que tiró la silla.

–No digas que soy tu hijo –bramó–. No lo soy.

Giuseppe se quedó tan boquiabierto como Joanne y María.

–¿Nunca te has preguntado por qué he mantenido las distancias durante años? Cuando le dije a mi madre que quería vivir con vosotros, me contó que yo era hijo de un músico brasileño y que te había mentido para conseguir tu dinero. Y se salió con la suya. Pagaste ciegamente. Tan ciegamente como me has querido –continuó Vin–. No soy hijo tuyo, Giuseppe... Y, en cuanto a ti, querida esposa, harás lo que te diga. Lo que tú misma has firmado.

–¿Firmado? –dijo ella–. Oh, no... el documento que me diste esta mañana...

–En efecto. Estaba decidido a que lo firmaras, y me daba igual que fuera antes o después de la boda.

Scarlett no podía creer que hubiera sido tan estúpida. En su obsesión amorosa, había hecho caso omiso de lo que su razón le decía: No le cuentes que te has quedado embarazada de él. No hagas la prueba de ADN. No te cases. No te enamores. Y, sobre todo y por encima de todo, no firmes nada que no hayas leído antes.

Furiosa, salió corriendo de la sala. Beppe intentó seguirla, pero ella le dedicó un grito tan tajante que el guardaespaldas se detuvo.

Cuando llegó a la calle, descubrió que estaba prácticamente vacía. Había empezado a nevar, y los blancos copos caían sobre la demacrada piel de un indigente que dormía en el suelo. Al verlo, Scarlett se estremeció. El pobre hombre debía de estar helado. Y ella también tuvo frío, porque se había dejado la estola en el *palazzo*.

Sin embargo, eso era lo de menos. Se había engañado a sí misma. Había caído en la trampa de Vin, y solo podía hacer una cosa: escapar.

Pero no pudo.

–¡Scarlett!

Vin apareció en el preciso momento en que su esposa se disponía a subir a un taxi y, tras agarrarla de los hombros, añadió:

–No tiene sentido que huyas. El acuerdo que has firmado me da control absoluto sobre el bebé. Y, como tú no abandonarías a Nico, también me da control absoluto sobre ti.

Scarlett sintió miedo, rabia y arrepentimiento. Pero entonces se acordó de lo único bueno que tenía, el amor. Y lo miró a los ojos, desafiante.

–No voy a huir. Me voy a quedar.

Vin se quedó sorprendido.

–Ah, excelente...

–Pero no voy a permitir que me manipules y me mientas. Te amo, Vin. Y sé que tú me amas a mí –dijo–. Esa es la verdadera razón, ¿verdad?

–¿La razón de qué?

–De lo que has hecho. Tienes miedo de amarme.

–Yo no temo nada.

–Sí, me temo que sí. Te asustaste tanto que has levantado un muro entre nosotros –afirmó, dando un paso adelante–. Pero esta vez no te va a salir bien. Nos amamos. Estamos hechos el uno para el otro.

–Has firmado ese papel, y no estás en condiciones de imponer nada.

–Te equivocas. Sé que vas de farol. Solo tengo que subir la apuesta.

Vin retrocedió, perplejo.

–Eres incapaz de hacerme daño –prosiguió ella–. ¿Y sabes por qué? Porque me amas y sabes que yo te amo.

Él apretó los puños, la miró un momento más y regresó al interior del *palazzo*, dejándola sola en la calle. Scarlett dio media vuelta e inclinó la cabeza hacia atrás para sentir los suaves y fríos copos en la cara.

Esperaba estar en lo cierto. Tenía que estar en lo cierto. Porque si no lo estaba, si Vin no se había marcado un farol, perdería su libertad.

Justo entonces, oyó pasos a su espalda y se giró con la esperanza de que fuera él y de que hubiera cambiado de opinión sobre el acuerdo. Pero no se encontró delante de su marido, sino ante un hombre de aspecto desaliñado.

–¿Le puedo ayudar?

El hombre sonrió.

–Sí, Scarlett. Claro que puedes.

Era Blaise Falkner.

Vin estaba terriblemente tenso cuando entró en el *palazzo*. No sabía ni adónde iba. No sabía si gritar, llorar, volver sobre sus pasos o salir corriendo. Solo sabía dos cosas: que no tenía fuerzas para enfrentarse a Scarlett y que él era el único culpable de lo que había ocurrido.

–¿Vincenzo?

Al ver a Giuseppe, se maldijo para sus adentros. Era lo que le faltaba, otra persona dispuesta a sacarlo de sus casillas.

–¿Qué quieres?

–Tenemos que hablar.

–Que sea rápido, por favor.

–Siempre he sabido que no eras mi hijo biológico –declaró súbitamente.

–¿Cómo?

Giuseppe sacudió la cabeza.

–Vincenzo, los ojos de tu madre eran tan azules como los míos. Y nuestras familias los tienen del mismo color –le recordó–. ¿Qué posibilidades había de que tus ojos fueran prácticamente negros?

Vin se sintió como si la tierra se hubiera abierto bajo sus pies. Llevaba toda la vida guardando el secreto de su paternidad, y ahora resultaba que ni siquiera era un secreto.

–Pero mi madre me usó para sacarte dinero –dijo, sin entender nada–. ¿Por qué no la enviaste al infierno si sabías la verdad?

–Porque eres mi hijo de todas formas. Lo has sido desde que te tomé en brazos por primera vez, cuando eras un recién nacido –replicó–. Y no me importaba lo que una prueba de ADN pudiera decir. Siempre serás mi hijo.

Vin parpadeó. Se había equivocado. Él, que se creía incapaz de cometer un error, se había equivocado por completo. Y peor aún: él, que se jactaba de no huir nunca de los problemas, había huido de uno durante veinte años.

Aquello no tenía sentido.

Se había negado a sí mismo el placer de vivir con personas que lo querían por miedo a que lo dejaran de querer. Y todo, por un secreto que no le importaba a nadie.

En su obsesión por ahorrarse el dolor de una pérdida, se había convertido en un hombre implacable que intentaba controlar hasta los aspectos más pequeños de sus relaciones y que hacía lo posible por no sentir. ¿No era eso lo que había pasado con Scarlett? Su amor le daba tanto miedo que la había intentado esclavizar.

–Si hubiera sabido el motivo de tu alejamiento, te lo habría dicho antes –prosiguió Giuseppe–. No te lo dijimos porque nos aterraba la idea de que te alejaras más.

–¿Dijimos? ¿Es que Joanne lo sabe?

Joanne, que apareció en ese momento, contestó:

–Por supuesto que lo sé, querido. Giuseppe y yo llevamos mucho tiempo casados. No tenemos secretos.

–¡Pues yo no sabía nada! –protestó María, sumándose al trío–. ¡Nunca me contáis nada!

Vin miró el vestido de novia de su hermanastra. Y justo entonces, lo vio claro.

Scarlett tenía razón.

En todo.

La quería desde el principio, desde la primera noche, pero se había aferrado a la ridícula fantasía de que podía mantener el control y proteger sus sentimientos si mantenía las distancias como había hecho con Giuseppe y se esforzaba por no quererla demasiado. Pero el amor no era el problema. El amor era la solución. Y, de paso, también era la única forma de ser libre, porque implicaba la valentía de vivir sin miedo y arriesgarse a ser feliz.

–Tengo que hablar con mi esposa –dijo a su padre.

–Ve con ella, hijo –lo animó Giuseppe–. Y muéstrale quién eres de verdad.

Vin asintió y se dirigió a la salida.

Había cometido un error tremendo al alquilar su casa sin preguntárselo antes. Nunca le había parecido un hogar, pero ahora se lo parecía. Scarlett había convertido el triste y desvencijado palacete de su infancia en un lugar lleno de vida.

Y había hecho lo mismo con él.

Antes de conocerla, Vin no quería nada más que poder y dinero, aunque fuera en detrimento de su propia felicidad. Tenía tanto miedo de estar en una posición vulnerable que, si no hubiera aparecido aquella mañana en la catedral de Nueva York, se habría casado con Anne sin dudarlo un segundo y se habría transformado en un hombre como Salvatore Calabrese: egoísta, frío y superficial.

Al llegar a la puerta, saludó al guardia que vigilaba el *palazzo* y salió la calle, donde ya se había formado una pequeña capa de nieve. Pero, ¿dónde estaba Scarlett?

Vin echó un vistazo a su alrededor, ansioso. Y entonces, la vio. Vio su vestido de color zafiro, su collar de diamantes, su pelo rojo y su expresión de pánico. Vio que un hombre la estaba agarrando, y que tenía un revólver.

–¡Vin! –gritó ella.

–Borgia... –dijo Falkner con una sonrisa perversa–. Debí imaginar que aparecerías en cualquier momento. Me has estropeado los planes, pero me alegro. Así verás lo que le voy a hacer a tu esposa.

Falkner puso el cañón del negro revólver contra la sien de Scarlett y, durante un instante, Vin se hundió en un pozo de terror. Pero luego, respiró hondo y recuperó la compostura. Él no tenía miedo. No lo había tenido nunca. Y no iba a empezar entonces, cuando su mujer necesitaba que fuera fuerte.

Solo había una emoción adecuada para ese momento. Una emoción que lo sacudió por dentro como un mar enfurecido: la ira.

Capítulo 12

CUANDO Falkner sacó la pistola, Scarlett se acordó de los guardaespaldas de Vin y se maldijo por no haberle hecho caso. Estaba convencida de que no los necesitaba. Estaba segura de que no corría ningún riesgo. Estaba equivocada.

–Hace una semana que te vigilo –dijo él, sin dejar de apuntar con el revólver–. Estaba esperando a que te quedaras sola.

–¿Por qué? ¿Aún te quieres casar conmigo?

Falkner sonrió con maldad.

–¿Casarme contigo? No, ni mucho menos –contestó–. Tu marido lo convirtió en algo personal. Me destrozó la vida. Y voy a hacer lo mismo con él.

Scarlett se quedó helada, aunque su frío no tenía nada que ver con la nieve que seguía cayendo.

–¿Cómo?

–Borgia te ama, ¿no?

–¿Amarme? ¿No nos has oído discutir?

–Sí, lo he oído todo. Y es perfecto –dijo–. Cuando desaparezcas, pensará que te fuiste por él y se sentirá culpable hasta el fin de sus días. No dejará de pensar en ti. Se preguntará dónde estás, y no llegará a saberlo.

–¡No puedes hacer eso!

–Claro que puedo –afirmó–. Vamos, camina. Mi coche está cerca de aquí.

–No voy a ir a ninguna parte. Si vas a disparar, dispara –lo desafió.

–Vas a venir conmigo. Porque, de lo contrario, iré a tu casa y me encargaré de que tu hijo y tu ama de llaves sufran un lamentable accidente. Los incendios son muy peligrosos. Sobre todo, si las puertas están bloqueadas y no puedes salir.

–¡No, por favor! –le rogó–. Iré contigo, pero no les hagas nada...

–Así me gusta.

En ese momento, se abrió la puerta del *palazzo*. Scarlett intentó apartarse de Falkner, pero su agresor la inmovilizó y le puso el revólver en la sien.

Fue entonces cuando Vin los vio. Y, tras unos segundos de duda, dijo:

–Suéltala, Falkner. Los dos sabemos que tu enemigo soy yo.

–Y te voy a destruir –replicó–. Pero hacerle daño a ella es la mejor forma de acabar contigo.

Vin paso adelante.

–Tranquilízate. Todo es negociable. Encontraremos una solución.

–No quiero negociar nada. Y si das un paso más, le pegaré un tiro.

Vin se detuvo en seco.

–Sabes que te matarán en cuanto aprietes el gatillo, ¿verdad?

–¿Y crees que me importa? Me lo has quitado todo, Borgia. Me has quitado mi vida, y ya no la puedo recuperar.

Falkner parecía dispuesto a cumplir su amenaza, y Vin no podía hacer nada por impedirlo. Pero, de repente, se le ocurrió una idea.

–¿La vas a matar así? ¿Por detrás? –preguntó.

Vin lanzó una mirada rápida a Scarlett, y Scarlett se acordó de una lluviosa tarde de octubre, cuando él le enseñó a zafarse de un hipotético agresor que la agarra de ese modo.

Todo fue muy rápido. Scarlett asintió levemente y, una milésima de segundo después, Vin se echó al suelo, ella se dejó caer como si se hubiera desmayado y los tres guardaespaldas salieron del *palazzo*.

Falkner se giró instintivamente hacia Beppe y sus compañeros. Pero era un hombre de reflejos rápidos, y se volvió hacia ella con la misma rapidez.

Scarlett cerró los ojos, aterrorizada. Pensó en su madre, su padre, su hijo y, especialmente, en Vin. Repasó toda su vida en un instante, segura de que estaba a punto de perder la vida en una calle de Roma, entre copos de nieve.

Y oyó un disparo.

Y no sintió nada.

¿Cómo era posible? Su exjefe estaba a un metro de distancia. No podía haber fallado.

Al abrir los ojos, lo comprendió. Vin se había abalanzado sobre él y había impedido que la matara.

–¡Muere, maldito italiano! –gritó Falkner, disparando otra vez.

Scarlett se levantó de un salto, dispuesta a salvar a su marido. Sin embargo, su intervención fue tan innecesaria como la de los guardaespaldas, porque Vin le hizo una llave y lo tiró al suelo como si fuera un vulgar saco.

–La policía está de camino, señor Borgia –dijo Beppe.

Falkner, que seguía en el suelo, miró a Vin con odio.

–Tú... tú...

–Tú vas a ir a la cárcel –sentenció Vin–. Vas a estar entre rejas una buena temporada. Aunque será mejor que no salgas nunca.

Scarlett se abrazó a Vin, agradecida. Y entonces, notó algo húmedo.

Vin tenía dos manchas rojas en el cuerpo; una, en el hombro derecho y otra, en el muslo izquierdo. La sangre de la primera empapaba ya su blanca camisa, extendiéndose como pétalos de una flor.

Por eso estaba viva.

Vin se había llevado dos tiros por ella.

Al ver que Falkner iba a matar a su esposa, Vin supo que solo tenía dos opciones: salvar a Scarlett o morir con ella.

Era lo único aceptable. En el peor de los casos, Nico sabría que se había sacrificado por ella. ¿Y qué mejor legado le podía dejar? El legado de un hombre era su ejemplo, el modo en que había vivido y la forma en que había muerto.

–Oh, *cara* –dijo, abrazándola como si fuera un tesoro–. Falkner tenía razón en una cosa. Si te pasara algo, me moriría.

–Vin, tenemos que llevarte a un hospital. Parece que la bala del hombro ha salido por el otro lado, pero la de la pierna...

Él no le hizo caso.

–He sido un cobarde.

–¿Cobarde? ¡Te han pegado dos tiros por mí!

–Es cierto –insistió–. Me prometí a mí mismo que no me enamoraría nunca, que nunca concedería a nadie esa clase de poder. Y, cuando te dije que te amaba, me asusté. Estaba desesperado por recuperar el control.

–¿El control de qué?

–De ti, de mí, de la vida.

–Vin, nadie puede controlar eso.

–Lo sé. Me acabo de dar cuenta –replicó, casi incapaz de soportar el dolor–. He cometido tantos errores... Giuseppe me ha dicho que siempre supo la verdad. Sabe que no es mi padre biológico. Y no le importa.

–¿En serio?

Vin se empezó a sentir mareado.

–El control es una ilusión. Nadie controla nada, excepto las decisiones que toma. Y las mías han sido tan malas que, si me quieres dejar, lo comprendería.

El exterior del *palazzo* se había llenado de policías e invitados a la boda, a los que segundos después se sumaron los enfermeros de una ambulancia. Pero Vin solo tenía ojos para la pálida Scarlett.

–Escúchame bien, Vincenzo Borgia. Voy a decir algo que quiero que recuerdes toda tu vida –Scarlett lo miró con tanta intensidad que sus ojos parecieron gigantescos–. Estás a salvo conmigo. Pase lo que pase, cuidaré de ti.

–Oh, Scarlett... –dijo él, a punto de perder la consciencia.

–¡Estás perdiendo mucha sangre! –gritó–. ¡Enfermeros!

Los enfermeros comprobaron las heridas rápidamente y, tras hacer lo posible por parar las hemorragias, lo subieron a una camilla.

–Hay que llevarlo al hospital, *signora*.

–Sí, claro...

Ya casi inconsciente, Vin dijo:

–Viviremos en Roma, Scarlett.

Ella intentó sonreír.

–¿No se lo habías alquilado a uno de Hollywood?

–Rescindiré el contrato. Nos quedaremos.

Scarlett sacudió la cabeza.

–No.

–¿No?

–Las decisiones amorosas no funcionan así. Tienen que ser relaciones de iguales, que no toman decisiones por su cuenta –dijo–. Lo decidiremos entre los dos.

–¿Sabes que te amo?

–No tanto como yo a ti.

–¿Estás preparada?

Scarlett no lo estaba en absoluto, pero asintió.

–Excelente.

Ella tragó saliva y subió a un avión por primera vez en casi un año.

–Puedes hacerlo –dijo él.

–Lo sé.

Vin sonrió.

–Esa es mi chica.

El avión era pequeño; un Cesna de cuatro asientos, con solo un piloto y solo un pasajero. Pero Scarlett supo que estaba a salvo, porque el piloto era la misma persona que la invitó a sentarse en la cabina, su marido.

–Puede que algún día aprendas a pilotar.

–Ja –dijo ella.

–Tenemos que afrontar nuestros miedos, *cara*. Me lo enseñaste tú.

–De momento, prefiero aprender a ser pasajera –ironizó, nerviosa.

Vin le puso una mano en la pierna.

–Mírame –ordenó él.

Ella lo miró y se relajó al instante.

–No nos podemos estrellar –continuó Vin–. Dijiste que cuidas de mí y que estoy a salvo contigo, ¿no?

–Y lo dije en serio.

Scarlett respiró hondo y se agarró al asiento con todas sus fuerzas.

Habían pasado ocho meses desde la boda de María y la aparición de Falkner. Vin había estado un par de semanas en el hospital, donde tuvo que responder a las preguntas de la policía. Pero no se quejaba. Había tenido mucha suerte.

–Si la bala del hombro hubiera entrado más abajo, le habría atravesado el corazón –le informó su médico–. Y si la bala del muslo le hubiera dado más arriba...

–No podría tener más hijos en toda mi vida –lo interrumpió Vin, sonriendo–. Scarlett, recuérdame que llame a tu exjefe y le dé las gracias por su mala puntería.

–Eso no tiene gracia, Vin –protestó ella.

–Claro que la tiene. Hay que tomarse la vida con humor; sobre todo, cuando la has salvado de milagro.

Lo primero que hizo Vin cuando le dieron el alta fue volver a casa y abrazar a Nico, perfectamente inconsciente de lo sucedido; lo segundo, besar a su esposa y romper el acuerdo posmatrimonial y lo tercero, rescindir el contrato de alquiler del palacete.

El actor amenazó con llevarlo a los tribunales, pero Vin solventó el problema con una oferta que no pudo rechazar: tres meses en uno de los mejores hoteles de Roma, con todos los gastados pagados.

Vin también insistió en pagarle una segunda luna de miel a su hermanastra. Desde su punto de vista, era lo menos que podía hacer después de haberle destrozado la boda. Y, cuando la joven pareja volvió de Tahití, toda la familia se reunió y empezó a recuperar el tiempo perdido, aunque Giuseppe y Joanne ya eran visitantes habituales del palacete.

Semanas más tarde, Vin y Scarlett se despidieron de ellos, viajaron a Londres en tren y tomaron un barco a Nueva York. Scarlett se sentía culpable por haberlo obligado a un viaje de seis días, pero él no protestó en ningún momento. Estaba encantado de poder tomarse unas vacaciones y del placer de bailar con ella en cubierta mientras la señora Stone cuidaba de Nico.

–De hecho, estoy considerando la posibilidad de comprar una flota de cruceros –le dijo un día.

Los dos habían llegado al compromiso de vivir seis meses en Roma y seis meses en Nueva York, ciudad de la que Scarlett se enamoró al instante. Echaba de menos Italia, pero sabía que también echaría de menos su otro hogar cuando llegara el momento de volver a Europa. Y, como vivían junto a Central Park, pasaban frecuentemente por la Quinta Avenida, donde se alzaba la catedral de Swithun.

–Mira, el lugar donde tomaste la decisión de casarte conmigo –le decía Scarlett–. Cuando estabas a punto de casarte con Anne.

–¿Y qué querías que hiciera? –replicaba él–. Reconozco algo bueno en cuanto lo veo.

–Te amo, Vin.

–Pero yo te amo más.

Evidentemente, sus discusiones no se limitaban a pelearse por quién quería más a quién. A fin de cuentas, eran humanos. Pero discutían muy poco e, incluso entonces, Vin decía que era la mujer más perfecta y maravillosa del mundo, lo cual la irritaba sobremanera. ¿Cómo podía discutir con un hombre que la quería tanto, sin pedir nada?

Sin embargo, Vin rompió esa costumbre el día de su cumpleaños. Le pidió un pequeño favor y, como era la primera vez que le pedía algo, Scarlett no tuvo más remedio que concedérselo:

–Tengo una avioneta en Teterboro –dijo–. Volaremos quince minutos y aterrizaremos después, conmigo a los mandos. ¿Qué te parece?

Ella no quiso decepcionarlo, así que aceptó. Pero se empezaba a arrepentir.

–Aún no sé cómo pudiste convencerme –protestó a su lado.

Él volvió a sonreír.

–Te encantará. Confía en mí.

Scarlett confiaba en él, y pensó que quizá tuviera razón. Además, si Vin había vencido su miedo a amar, ella podía vencer su miedo a volar.

–¿Preparada? –repitió su esposo.

Ella suspiró.

–Sí.

–Te amo, Scarlett.

–Y yo te amo más.

El Cesna empezó a avanzar por la pista, cada vez más rápido. Y, cuando alzó el vuelo hacia el brillante cielo azul, Scarlett supo que seguirían discutiendo sobre quién quería más a quién hasta el fin de sus días.